Rizzoli

Nicolò Govoni

Bianco come Dio

Rizzoli

Pubblicato per

Rizzoli

da Mondadori Libri S.p.A.
Proprietà letteraria riservata
© 2018 Mondadori Libri S.p.A., Milano

ISBN 978-88-17-10489-0

Prima edizione: ottobre 2018
Seconda edizione: ottobre 2018

Bianco come Dio

*Ai miei nonni,
per avermi insegnato la compassione
e a mangiare la frutta.*

I

Storia di due padri

> Ricordati di osare sempre.
> GABRIELE D'ANNUNZIO

Dicembre 2013

Partire è stata una buona scelta, tornare è stata una scelta migliore, ma la scelta più importante è restare.
Siedo in un autobus sovraffollato, davanti a me lo sguardo vagamente inquisitorio di un pesce rosso che mi fissa da un sacchetto di plastica e accanto a me un uomo che conosco appena, e che, mi dico, non mi conosce per niente – mio padre.
«Ma dài» dice, il dito puntato fuori dal finestrino. «Guarda là!»
Là dove sta puntando il dito c'è l'incanto dell'India meridionale.
Un gruppo di enormi bovini che attraversano l'autostrada provoca in lui uno stupore quasi infantile.
«È incredibile» continua, gli occhi che corrono da una parte all'altra. «C'è così tanto da vedere che hai paura a sbattere le palpebre.»
Nonostante la stanchezza del viaggio, mio padre mi

strappa un sorriso mio malgrado. «Te l'avevo detto, no?» Inspiro a fondo l'aria dolce.

Il pesce rosso nel sacchetto, il ragazzo che lo regge in mano e pressoché l'intero autobus ci lanciano occhiate ormai esplicite, gli sguardi animati da una curiosità innocente, mentre la città di Madurai sparisce alle nostre spalle e il paesaggio rurale si schiude davanti a noi.

Mi stringo lo zaino verde al petto, trafitto da un misto di gioia e nostalgia. Tento di tenere a bada le emozioni quando vedo le colline emergere oltre i campi riarsi, oltre i templi contadini, all'orizzonte. Nonostante senta sotto di me i buchi sul sedile logoro, nonostante il rombo del vento che soffia attraverso i finestrini privi di vetri, fatico a credere di essere qui, di esserci riuscito.

«Questa è la nostra» gli faccio un cenno scacciando il pensiero, e balzo giù dall'autobus ancora in corsa. Mi volto, quando ho ripreso l'equilibrio, sperando che mio padre sia riuscito a scendere tutto intero.

Siamo compagni di viaggio improbabili, noi due: io con un enorme zaino sulle spalle e lui con un'espressione di costante meraviglia in volto, in mezzo alla via principale di Chinnalapatti.

Il villaggio non è cambiato di una virgola nei quattro mesi dalla mia partenza, i negozianti di strada si adoperano friggendo e preparando il tè come sempre, le vecchie motociclette sgasano sollevando nuvole di polvere, e il cielo è enorme e blu e quasi travolgente, sopra le nostre teste.

Nell'attesa, mangiamo un *dosa* nel piccolo hotel dal tetto di paglia che per miracolo sta ancora in piedi all'angolo della via.

«Davvero per te non è piccante?» chiede mio padre, gli occhi lucidi e il naso che cola, dopo appena tre bocconi.

«Non è niente di che» mento. Nonostante il mio palato sia più abituato alle spezie e ai peperoncini, la mia lingua è ormai fuori allenamento, e così il pranzo si rivela un bentornato alquanto caloroso.

La Sumo, un fuoristrada vecchio ma orgoglioso, arriva cigolando. Sento la portiera chiudersi, seguita da dei passi saltellanti e familiari, li riconosco anche nel baccano mattutino, e mi volto giusto in tempo per vedere Joshua venirci incontro. Mi alzo senza sapere cosa fare e, proprio quando sto per porgergli la mano destra, lui mi avvolge in un abbraccio.

«Come stai?» chiede nel consueto tono gioviale.

Sorpreso, tentenno. «Bene» rispondo. «Adesso.»

«Piacere di conoscerti» dice a mio padre, e si stringono le mani.

«Ho sentito tanto parlare di te» risponde lui.

«Oh, davvero?» fa Joshua.

«Sì» rispondiamo io e il mio compagno di viaggio all'unisono.

Joshua sorride mostrando i denti bianchi e irregolari. «Venite» ci fa strada. «La tua vecchia stanza è già pronta.»

Prendo il mio posto sul sedile passeggero, il villaggio

che scompare mentre ci addentriamo in aperta campagna. Ci accoglie una distesa di ettari di vegetazione profumata, palme morenti, e capanne di gente che con me, all'apparenza, non ha nulla in comune.

«Ieri» prosegue Joshua, «quando mi hai chiamato da Mumbai per dirmi che saresti arrivato oggi stesso, ero incredulo.»

«Ti avevo dato la mia parola.»

Joshua ride. «Sei tornato per Natale, proprio come avevi detto.»

Mi volto a guardarlo. «A loro non hai anticipato nulla, vero?»

«Non ti preoccupare. Sarà una sorpresa.»

«E io ho una sorpresa per voi...»

Joshua m'investe con l'usuale cascata di domande, ma la sua voce si riduce a un sussurro alle mie orecchie. Oltre una capanna di fango, dietro una fattoria popolata da una mucca e tre capre, intravedo il terriccio rosso che tanto amavo e, affisso al tronco di un albero, un cartello: DAYAVU BOY'S HOME recita, tre parole bianche in campo blu incorniciate di rosso. Il cuore inizia a battere come un tamburo nel petto.

Sobbalzando sul sentiero dissestato, la Sumo si apre la via tra i rovi e le rocce fin dove la foresta domina incontrastata il paesaggio ricoprendo quasi ogni cosa, dalla strada principale ormai lontana dietro di noi fino all'imponente collina davanti.

«Ci siamo» sussurro, e mio padre si sporge fuori dal finestrino per vedere meglio.

Joshua suona il clacson varcando il cancello dell'orfanotrofio.

Eccolo, è proprio lì davanti ai miei occhi, eppure non riesco ancora a crederci.

Dalla mia prima missione di volontariato, iniziata sei mesi fa, ho imparato che non si può cambiare il mondo. Eppure, come posso sopportare la consapevolezza di aver sfiorato un'altra vita, di averla resa migliore, almeno per un po', e poi di essermela lasciata alle spalle? Come posso tornare a essere il liceale di una volta, convinto di avere la vita in pugno, quando ora so benissimo che era la vita, a conti fatti, ad avere in pugno me?

Dalla mia prima missione ho imparato soprattutto che, se non posso cambiare il mondo, posso cambiarlo almeno per una persona.

Sono tornato per farlo.

La Sumo si ferma nell'aia, all'ombra dei due alberi accanto alla cucina.

Apro la portiera. Appoggio il piede sul suolo cremisi. Solo adesso mi ricordo di respirare.

I bambini, abbandonando le faccende che stanno svolgendo, mi vengono incontro di corsa, sbigottiti. Uno di loro urla il mio nome al vento.

Prakash, uno dei più piccoli, con un leggero ritardo mentale, incerto mi prende le mani. «*Anna*» dice, "fratello", con lo sguardo di chi non crede ai suoi occhi.

Mi piego e gli sorrido stringendogli le mani. «Ehi.»

Yugin, uno dei più grandi, si piazza accanto a me abbracciandomi stretto senza proferire parola. Dhakshina sbuca da non so dove asciugandosi il sudore dalla fronte. Karthick zoppicando giunge le mani in segno di scherzosa formalità. Antony si affaccia incerto da dietro l'angolo del cucinino. Presto tutti e venti mi sono vicini.

Sono circondato dalle persone cui ho dedicato ogni mio sforzo fino a quattro mesi fa, i miei bambini.

Sono tornato.

Sono tornato a Casa.

Giugno 2013

A vent'anni partii per fare volontariato.

Non ne potevo più, ero vuoto e lo ero da tanto, e così, quando misi piede in questo piccolo orfanotrofio nell'India meridionale, i miei bambini trovarono spazio in abbondanza in cui insediarsi. Quello spazio era il mio cuore, che prima riecheggiava vuoto e poi, dopo un'estate di lavoro e amore, si ritrovò pieno di gioia.

Arrivai a Dayavu Home, sei mesi fa, pensando di sapere tutto del mondo, della vita e di me stesso. L'India rurale mi diede torto in meno di una settimana.

Mi ritrovai confuso e spaventato di fronte alla complessa grandezza e diversità di quello che prima era per me una semplice espressione, il cosiddetto "Terzo Mondo". Scoprii ben presto che non tutto ciò che è povertà è semplice, e non tutto ciò che è semplice è lieto.

I primi giorni in India li trascorsi barricato in camera, al sicuro sotto una rete antizanzare in un ambiente che odorava di frutta guasta. Svolgevo come un soldato le mansioni assegnatemi lavorando nei campi, insegnando l'inglese e giocando con i bambini, ma mi ritiravo appena le avevo finite, per sfuggire a tutto quello che mi era difficile capire. Perché i bambini non mi saltavano in braccio pazzi di gioia appena mi vedevano? Perché la tanto decantata spiritualità indiana tardava a riempirmi i polmoni? Dov'erano i cliché rassicuranti promessi da libri e film?

Pensavo che essere un volontario sotto l'ala protettrice di una grande organizzazione internazionale mi rendesse, a priori, una sorta di eroe. Pensavo che mi avrebbero amato semplicemente perché europeo. Mi sbagliavo.

Realizzai presto che in India il colore della mia pelle, a cui non avevo mai dato grande importanza, era un simbolo di privilegio, un motivo d'immeritata ammirazione. E per questo la mia pelle significava anche distanza e separazione.

In quanto volontario, pensavo di avere il diritto di entrare nelle case, le porte spalancate, e farmi largo nelle vite della gente armato delle mie buone intenzioni e del mio straripante entusiasmo. L'entusiasmo, però, non è un passe-partout.

Il mio rapporto con i bambini cambiò bruscamente una sera, al festival del villaggio vicino.

Joshua mi aveva incaricato di accompagnare i ragazzi in piazza e assistere alle celebrazioni. Furono loro, dei nanetti alti poco più di un metro, a vegliare su di me. Quando un vecchio ubriaco mi si parò davanti, farfugliando le parole che sarebbero diventate la chiave di volta della mia esperienza in India, i bambini s'infilarono tra noi, proteggendomi.

Capii quella sera di essere lì per aiutare, non per insegnare, e per imparare, non per cercare conferme.

Iniziai a trascorrere più tempo con i bambini anche oltre l'orario dei compiti e del gioco. Un mese più tardi, mi sentivo già uno di loro. Joshua m'impartiva lezioni di vita, politica e Bollywood, e diventò così la figura paterna che avevo cercato a lungo.

I bambini di Dayavu Home diventarono i *miei* bambini. Iniziai a conoscere Karthick, un ragazzino appassionato di cucina la cui sorella si era tolta la vita per amore; Dhakshina, un ragazzo dalla mente acuminata come un rasoio e dal passato sventurato; Antony, abbandonato da entrambi i genitori e colmo di un dolore silenzioso. Mi legai a lui al punto da chiamarlo «fratello». Imparai a conoscerli, e col tempo li conobbi davvero.

Mai avrei pensato di trovare accettazione, e perfino comprensione, tra tutti i luoghi, in un piccolo orfanotrofio del Terzo Mondo. Ma così fu.

Tre mesi più tardi dovetti andarmene. Pieno di tristezza, promisi di tornare ad aiutare in modo concreto quella che era ormai diventata la mia Casa. Avevo portato con me un solo ricordo della mia vita in Occidente, un maialino di gomma di nome Iopig: lo lasciai ai bambini, non solo come dono ma anche per provare a me stesso che il ragazzo che era partito e quello che stava ritornando erano due persone diverse.

Vivere senza giudicare, questo mi avevano insegnato i miei ragazzi, il che non significa ignorare le mancanze altrui, ma riconoscerle, accettarle e saper dire: "Va tutto bene, non nasconderti, non provare vergogna. Nella tua imperfezione vedo grande bellezza".

Venni, vidi, vissi.

E la mia vita cambiò per sempre.

Dicembre 2013

Sushila esce dal cucinino esibendo un sorriso sdentato e mi porge timida la mano. Quando la stringo, mio padre mi imita, ma la cuoca giunge le mani e piega il capo davanti a lui. Sono l'unico uomo, oltre a suo marito e Joshua, da cui lei si lasci toccare.

Sushila è un'emarginata sociale. Data in sposa a un uomo ben più anziano di lei all'età di quindici anni, aveva messo al mondo due figlie solo per essere poi ripudiata quando, dopo le complicazioni del secondo parto, era rimasta sterile. Invece di rassegnarsi a una prematura vita di solitudine, però, Sushila aveva rifiutato le convenzioni sociali e si era risposata con un uomo più giovane.

Ma il villaggio non si dimostra affatto gentile con chi non rispetta i valori tradizionali. Gli sguardi torvi, gli insulti per strada e le minacce avevano ridotto Sushila allo stato di paria. E il secondo marito, un alcolizzato riluttante a condividere lo stigma sociale della moglie, l'aveva resa ancora più sola e infelice.

Fu allora che Sushila incontrò Joshua.

Dieci anni fa, con la responsabilità di un orfanotrofio appena aperto sulle spalle, Joshua cercava una persona abile con i mestoli e che si occupasse dei bambini a tempo pieno. Sarebbe stato difficile trovare qualcuno disposto a nascondersi nella foresta, lontano dalla civiltà, tutti i giorni, tutto il giorno. E invece Joshua trovò Sushila. Contro il volere dell'intera comunità, la accolse quando nessuno la voleva.

Da allora Sushila è in esilio, ma è un esilio punteggiato di sorrisi.

Joshua è fatto così. «È un pazzo» dice la gente alle sue spalle. «Che si crede, di cambiare il mondo?» Ma lui tira dritto, la testa alta e lo sguardo fiero. Non è ignaro dei sussurri del villaggio. Anzi, li usa per ravvivare il suo fuoco.

Sushila rivolge a mio padre lo stesso sorriso che rivolse a me il giorno del nostro primo incontro, sei mesi fa. Come ogni donna segnata dall'abuso patriarcale, sfoggia un sorriso largo quanto il Gange e più luminoso del Taj Mahal per compiacere d'istinto l'uomo davanti a lei, ma al contempo tiene gli occhi sbarrati, pronta a individuare il potere e a proteggersi.

C'erano voluti tre mesi, tre mesi di circospezione e confidenze nella brezza serale, perché abbassasse le difese e mi accettasse come parte di Dayavu Home. Il giorno della mia partenza, Sushila aveva la mia mano tra le sue, prolungando il contatto di un secondo come a dire: "Sei uno di noi adesso". Quella volta, sorridendomi, chiuse gli occhi, e quel gesto mi colmò di gioia.

Joshua ora ci fa strada attraverso l'aia, oltre il campo di manghi sulla sinistra e il recinto delle mucche sulla destra, conducendoci verso la piccola struttura imbiancata dove vive con sua moglie Rosie. Lì, al secondo piano, si trova la mia vecchia camera.

I bambini ci seguono in silenzio, a distanza, passo dopo passo, su per gli scalini stretti, fino a raggiungere il luogo in cui ho trascorso le mie prime trenta notti da volontario.

«Ecco, abbiamo sistemato un secondo letto vicino al tuo.» Joshua si toglie le ciabatte entrando, per mostrarci con orgoglio la cura con cui hanno preparato il nostro alloggio. «E la doccia si trova… ma non c'è bisogno che te lo dica, vero?»

«Direi di no, mi ricordo bene» sorrido.

«Bene. Allora disfate le valigie e sistematevi. Quando siete pronti, facciamo fare a tuo papà il giro della Casa» spiega, poi si dilegua con il suo tipico passo saltellante. Alcuni dei bambini più piccoli si attardano sull'uscio, osservandoci, cercando di catturare il mio sguardo, per poi sventolare timidi le manine e sparire a loro volta.

Lascio cadere lo zaino verde e respiro a fondo. La camera è di modeste dimensioni, in grado di ospitare a malapena due letti singoli e una scrivania, ed è spesso soggetta all'intrusione di lucertole e insetti. Una grande finestra lascia che la dolce brezza della collina entri a folate e fa girare un po' d'aria a tutte le ore del giorno e della notte.

«Andiamo» dico.

Non intendo sprecare un minuto a disfare i bagagli o a sistemarmi. Mi sporgo dal parapetto della finestra e ammiro la vista fatta di campi tinti di verde, ocra e marrone, e di palme e cespugli tra cui s'intravedono le casette dei contadini. Mi riempio i polmoni del profumo della foresta, forte e muschioso, degli alberi da frutto e della collina Malai, da cui giunge un sospiro umido che allude alla pioggia senza mai mantenere la promessa. È un profumo che amo, e che temevo di aver dimenticato.

«Andiamo» fa eco mio padre, allungando il collo per godersi gli ultimi raggi di sole.

Joshua accompagna mio padre lungo il perimetro della piccola proprietà che è Dayavu Home, dal dormitorio dei ragazzi alla siepe di gelsomini, dal pozzo riarso alla coltivazione di *nellikai*, dal campo da gioco al vigneto. Io li seguo traducendo, per facilitare la comunicazione tra quei due uomini, privi di un linguaggio comune che non sia gestuale.

I ragazzi ci tallonano a loro volta in silenzio e mi tengono gli occhi puntati addosso, sorridendo non appena ricambio il loro sguardo. Nell'imbarazzo naturale che segue un ricongiungimento, nessuno di noi sa esattamente cosa dire. Sono così felice di essere tornato da non trovare le parole.

Concluso il giro, quando ormai il crepuscolo inchiostra il cielo, ci ritroviamo seduti nell'aia, davanti al cucinino. Io mi rilasso sulla mia vecchia sedia dal bracciolo rotto, i fumi della cena a saturare l'aria.

I ragazzi ci servono da mangiare. Avevo quasi scordato quanto il cibo cucinato da Sushila fosse delizioso. Nonostante si tratti di una cucina semplice, addirittura povera, la freschezza degli ingredienti e la maestria nella loro preparazione la rende prelibata.

«Ti mancava, eh?» dice Joshua ridacchiando.

Bilanciando il *thali* – il tipico vassoio con sopra i piatti di portata – sul ginocchio, faccio il bis senza avanzare nulla, come ho imparato. Il pollo, una delicatezza riservata solo agli ospiti e alla domenica, è tenero, succoso e saporito dal primo all'ultimo boccone. I ragazzi, seduti a terra in cerchio sotto l'unico lampione, cenano con riso e *sambar*, un intingolo a base di verdure bollite.

Dopo cena, sotto la volta perfettamente nera di un cielo punteggiato di stelle, sorseggiando del tè in bicchieri di metallo, parliamo del più e del meno, proprio come abbiamo fatto ogni sera mesi prima.

«Non ho visto Dhanasekar» constato, ascoltando il mormorio del vento caldo tra le foglie. Dhanasekar è un bambino facile al sorriso, basso e muscoloso, che ho aiutato con l'inglese durante la mia prima permanenza.

«Se n'è andato» risponde Joshua, lo sguardo perso nell'oscurità della foresta.

Dhanasekar era stato vittima di abusi da parte della sua stessa madre, e soffriva di una dipendenza da tabacco da fiuto. Aveva dodici anni, l'ultima volta che l'ho visto.

«È fuggito, un giorno, anziché tornare da scuola.» Joshua sospira appoggiando il bicchiere vuoto a terra. «L'abbiamo cercato per giorni con la polizia, inutilmente. È stato terribile. Si è fatto vivo a casa di sua madre, dicendole che preferiva stare con lei anziché vivere qui. So che smetterà di andare a scuola e finirà a lavorare nei campi, come suo padre e il padre di suo padre.»

«Perché è scappato?» chiede il mio, di padre.

Joshua scuote il capo, senza risposta. «Abbiamo fatto tutto il possibile, ma forse non era abbastanza.»

La notizia mi colpisce duramente. Sento di dovermi mettere all'opera al più presto, di dover iniziare il lavoro che sono tornato a fare. «Andiamo in camera» dico alzandomi. «Ho qualcosa per voi.»

Mio padre mi fa un sorriso d'intesa, ma sono troppo scosso per ricambiare.

In camera, seduto sul letto, tiro fuori dallo zaino verde una busta dal colore anonimo. Me la poso in grembo, cercando di nascondere il lieve tremore delle mani. La porgo a Joshua e lui, sul letto davanti al mio, la apre sgranando gli occhi. Solo allora parlo.

«Sono più di millecinquecento euro, centomila rupie, e sono stati raccolti da oltre mille persone nella mia città natale. Sono per voi» spiego. «Buon Natale.»

Joshua alza lo sguardo a incontrare il mio e per un momento non parla, si limita a studiarmi con i suoi occhi scuri. Poi mi dà la mano, quella mano segnata dal duro lavoro, e io la stringo, consapevole che da questo momento tutto sarà diverso. Non sono più il ragazzino ingenuo venuto da lontano, spesso sporco di terra rossa fino ai capelli, che gioca nel fango a piedi nudi: no, ora sono colui che provvede, colui che supporta economicamente l'orfanotrofio. Questi bambini mi hanno dato in tre mesi più di quanto io potrei dare loro in trent'anni, ma sono comunque determinato a provarci.

«Sono per il nuovo dormitorio?» chiede, osservando le banconote senza osare toccarle.

«Sì, so che quello vecchio non basta a ospitare tutti... insomma, ovvio che lo so, è proprio lì che dormivo...»

«Grazie» m'interrompe Joshua. «Questo è... grazie.» Non trova le parole.

Vedo una luce di gratitudine accendersi nei suoi occhi e in quell'istante mi rendo conto che, anche se il mio ruolo lì potrebbe modificarsi e il nostro rapporto cambiare di conseguenza, questa è la cosa giusta da fare.

«È sufficiente per iniziare i lavori?»

«No» risponde lui, con mio grande disappunto. «No, ma so come fare.» Stringe la mano a mio padre, poi dandosi un colpetto sul ginocchio si alza, e anche noi, e tutti e tre ridacchiamo ascoltando il gracidare della notte.

Nei giorni successivi seguiamo Joshua di villaggio in villaggio assistendo meravigliati all'attuazione del suo piano. Sfruttando la sua incredibilmente ampia rete di contatti, di amicizie di vecchia data e di cugini di cugini, Joshua innesca un passaparola che copre il raggio di tutte le sue conoscenze. Il messaggio: festa di Natale a Dayavu Home. Poi investiamo parte della mia donazione nell'acquisto di decorazioni. Joshua affitta sedie e tavoli sufficienti per preparare un banchetto reale e ingaggia tre cuoche perché aiutino Sushila con i suoi manicaretti. La chiesa di Chinnalapatti contribuisce offrendo l'impianto stereo. Pura elettricità permea l'aria di Dayavu Home. La sento nelle ossa, la vedo nei sorrisi dei bambini. Un'altra parte della donazione la usiamo per pagare la retta di Dhakshina, che frequenta il primo anno della facoltà di Comunicazione in inglese in un'università locale.

Pian piano, nel gran daffare dei preparativi, io e i ragazzi riprendiamo a parlare e giocare, riducendo la distanza creatasi nei mesi di separazione. Sanno benissimo che, se mi stuzzicano mentre lavoro, mollo qualunque cosa stia facendo in quel momento per rincorrerli su e giù per l'aia, fingendomi arrabbiato e perdendo apposta per farli contenti, i miei piedi nudi, troppo delicati, incapaci di competere con i loro, abituati al lavoro e all'assenza di scarpe.

La notte prima della festa, sediamo tutti a terra per cenare, e i ragazzi si esibiscono nella danza che hanno preparato per l'occasione. Segue una preghiera e un momento di condivisione in cui esprimere ciò di cui siamo più grati.

«Sono grata dell'aiuto che ci portate» dice Rosie, gli occhi socchiusi e le mani giunte.

«Sono grato per il tuo ritorno» dice Dhakshina lanciandomi un'occhiata d'intesa.

«Sono grato per *papà*» dice uno dei più piccoli, proprio in italiano, come mi ha sentito nominare mio padre durante il mio primo soggiorno.

«Sono grato per i regali» dice Santhosh, e dal brusio generale è chiaro che i nostri acquisti di Natale fatti in gran segreto sono già ben noti alle piccole volpi.

«Sono grato a tutti voi» dice mio padre nel suo inglese stentato. «Vi sono grato per aver accolto mio figlio tra voi quando ne aveva più bisogno.»

Mi sento inquieto, spero che la sua confessione finisca presto.

Purtroppo non è il mio giorno fortunato.

«Prima di partire era un ragazzo perso, profondamente arrabbiato, asfissiato dalla realtà che lo circondava. E quando è tornato era diverso... anzi, no, era come se avesse ritrovato se stesso, la persona che era sempre stato senza saperlo.» Mio padre corruga la fronte sforzandosi di trovare le parole. «E ha detto che voleva ricambiare ciò che avevate fatto per lui.»

Appena rimpatriato, dopo la prima missione, mi mobilitai per organizzare su larga scala una raccolta fondi. Dovevo convincere i miei concittadini ad aiutare un manipolo di bambini che mangiavano in terra dall'altra parte del mondo: come fare?

Fu in quel momento che decisi di scrivere le storie dei miei bambini e condividerle con chiunque volesse conoscerle. Sì, le storie furono la chiave, fu grazie a esse che la gente donò. Fu facile, tutto sommato. La gente era desiderosa di aiutare, semplicemente non sapeva come, o di chi fidarsi. Così fui io la loro opportunità di fare del bene: per i bambini di Dayavu Home oltre un migliaio di persone si esibì in una manifestazione di solidarietà a cui non avevo mai assistito.

Poi, per pagarmi il secondo viaggio – avevo già venduto il vendibile per partire la prima volta – entrai in modalità risparmio sfrenato, e riuscii non so ancora come a spendere la bellezza di soli cinque euro in quattro mesi.

«Quando lui era molto piccolo, dovevo sempre lavorare» continua mio padre, parlando ai ragazzi. «Così non sono stato molto presente nella sua vita. E poi mi ammalai.»

«Papà, non ti preoccupare» lo rassicuro, posandogli una mano sulla schiena come per arrestare il brutto ricordo che sta per evocare.

Joshua ha smesso di tradurre in tamil, ma i ragazzi seguono comunque il discorso a grandi linee.

«E quando mi ammalai» continua mio padre, la voce rotta, «io e sua madre ci allontanammo, così nell'adolescenza, in quel periodo fondamentale della crescita, lui rimase solo.» A questo punto scoppia a piangere, anzi, a singhiozzare come non l'avevo più visto fare da quando ero un bambino e lui era in ospedale, un fagotto di carne e ossa, e stava rischiando di morire.

«Grazie» dice a Joshua, «sei stato per lui un padre quando io non c'ero.»

Mio padre ha sempre portato a casa il pane, lavorando fino allo sfinimento ogni giorno. Per questo non l'ho visto granché durante la mia infanzia. Avevamo bisogno che provvedesse a noi, e lui lo faceva, non lamentandosi mai. Ma io ero un bambino, e non sapevo nulla del sacrificio. Vedevo solo che quando avevo la possibilità di passare del tempo con lui, raccontargli le mie storie da parco giochi, lui faticava a tenere gli occhi aperti.

«La tua voce mi rilassa» ripeteva sempre, ma per me era una forma di tradimento.

Molti mi darebbero del viziato, e forse lo sono. Mio padre non mi ha mai picchiato, non è mai tornato a casa ubriaco, nemmeno una volta, eppure, crescendo, per me lui era evanescente come un'ombra.

Gli ho chiesto di accompagnarmi in India perché portavo con me non solo una donazione, ma anche la fiducia di oltre mille persone, e sentivo il dovere di avere un testimone al mio fianco. Una ragione pragmatica, la mia, né più né meno, eppure stasera, nonostante il disagio che provo vedendolo così vulnerabile, sento qualcosa cambiare nell'equazione del nostro rapporto. E, incontrando lo sguardo di Joshua, so che ora anche lui ne è consapevole.

La sera della festa, oltre trecento persone si presentano ai cancelli di Dayavu Home. È sbalorditivo vedere un luogo tanto sperduto brulicare di gente, luci e musica. Gli invitati provengono dai villaggi circostanti, amici d'infanzia di Joshua, conoscenti e sconosciuti che si avventurano lontano dalla strada principale, sfidando le insidie di questa terra selvaggia per godere insieme di una serata di celebrazione e buon cibo.

Automobili nuovissime seguite da sciami di *tuc tuc* sgangherati attraversano i cancelli di Dayavu Home, e famiglie di ogni casta ed estrazione sociale calcano la terra rossa. Proprietari terrieri vestiti di bianco siedono accanto alla loro manovalanza; sacerdoti induisti e cristiani si scambiano gli auguri; perfino le famiglie dei bambini, gli zii e i nonni sopravvissuti alle tragedie che hanno fatto dei nostri piccoli degli orfani, si uniscono ai festeggiamenti. Vedo la mamma di Santhosh, una ragazza madre che non ha potuto prendersi cura di lui, sfiorargli i capelli senza che se ne accorga, e quel suo gesto mi riempie di tenerezza.

Gli invitati chiacchierano e ridono e dondolano il capo sotto festoni e lampadine di mille colori. Alcuni si fermano a osservare il presepe assemblato dai più piccoli, dove noccioli di mango fanno le veci del bue e dell'asinello, e i Re Magi sono foglie. La vecchia palma accanto al cucinino è stata promossa ad albero di Natale. La mucca Chaula sfoggia un fiocco al collo e rumina un cocktail di fieno e fiori. Tutti gli invitati sfilano accanto alla cassetta per le offerte che abbiamo allestito all'entrata.

Insieme ai ragazzi, io e mio padre, in testa dei cappelli da camerieri, serviamo *idly* e pollo ai convitati, suscitando grande ilarità tra i nostri ospiti. È una splendida serata. Il cielo notturno è terso e la brezza profuma di foglie nuove.

Poi, in un attimo, mi volto e la scena cambia di colpo. Posso ancora sentire le voci degli ospiti che si stanno spegnendo, la musica diventa un mormorio di sottofondo, e gli odori dell'India rurale, così ricchi e veri, sfumano, perdono d'intensità. Mi guardo le mani e la pentola che stavo trasportando è sparita. Indosso una camicia dai polsini inamidati. L'aria sa di cannella artificiale, di quella spruzzata dai deodoranti per ambienti.

Cerco Joshua con lo sguardo. Non lo trovo. Cerco mio padre. È accanto a me.

«Dove siamo?» chiedo.

«A casa» risponde. Anche lui è in camicia e veste scarpe da ufficio e completo nero. Ha la ventiquattrore in mano. Deve lavorare, come sempre. Non mi guarda negli occhi.

«Quale casa?»

Ci sediamo a tavola: è imbandita, è infinita, è un'opera d'arte fatta di bicchieri di cristallo, tovaglie ricamate e prelibatezze. Mangiamo le scaloppine, il tacchino ripieno, il branzino, i pizzoccheri, innaffiando il tutto con calici di vino. Parliamo d'immigrazione e gossip e, perché no, pure di lavoro, e poi ci scambiamo i regali. I pacchi, se impilati, formano una montagna più alta dell'albero di Natale. Amo questi ritrovi. Tutti li amano. Tutti *devono* amarli.

Tutti quanti sorridono, ma lo fanno a denti stretti, e competono a chi fa il regalo più bello, più utile, più costoso, ma lo fanno tenendo d'occhio l'orologio, pronti a girare i tacchi e levare le tende alle dieci in punto. Natale con i tuoi, come si dice. E poi ecco che arrivano i miei amici che si sbronzano prima di andare a messa a mezzanotte e stanno svegli fino all'alba a cantare canzoni e barare ai giochi da tavola.

Abbasso gli occhi e mi guardo le mani. È la notte della Vigilia nella mia città natale.

All'improvviso, però, mi riscuoto: mi sto scottando le dita! Sbatto le palpebre e appoggio la pentola di pollo al curry bollente sul tavolo più vicino.

Sono tornato al presente. E Dayavu Home è musica e luci.

Dopo cena, i ragazzi si esibiscono in una danza tratta da un film di Bollywood e coreografata da Dhakshina, che si rivela un ballerino assai capace. I piccoli, ovvio, rubano la scena tra risate e applausi. Santhosh, tuttavia, scambiando le risa del pubblico per una beffa, si offende e tiene il broncio fino alla consegna dei regali.

Questi bambini ricevono veri e propri doni di Natale per la prima volta: macchinine telecomandate, trottole, dinosauri di plastica, e la gioia sui loro volti illumina l'aia più di mille lampadine.

Sento di nuovo il richiamo della memoria, della nostalgia, ma stavolta la gioia che mi pervade mi tiene ancorato al presente. Non lascerò che un passato geloso m'impedisca d'immergermi nel momento e creare nuovi ricordi. Se paragonata alla splendida frugalità di questo Natale indiano, la tavola imbandita degli anni scorsi sembra lontana ed effimera come la nebbia che tanto ho amato, in una città che, realizzo solo ora, non amo più.

Joshua prende il microfono e si lancia in un discorso

in cui parla di Dayavu Home e del motivo che lo ha spinto a fondare l'istituto, ma io del suo tamil stretto capisco appena una frase: «Chi fallisce nel pianificare pianifica di fallire» dice, e queste parole rimangono con me a lungo, conficcate nella trama del mio essere.

Al momento di andare a letto, quando tutti gli invitati si sono congedati per fare ritorno alle loro case lontane dalla foresta, la cassetta delle offerte è stracolma: investendo una parte della donazione natalizia, Joshua ha racimolato abbastanza fondi per la costruzione del nuovo dormitorio.

«Il tuo piano ha funzionato alla perfezione» mi congratulo, profondamente ammirato.

«È grazie a voi se è stato possibile» risponde, concedendosi una tazza di tè dopo il duro lavoro della serata.

Mio padre mi posa una mano sulla spalla. «Grazie a te.»

Immersi in quella realtà semplice, nei giorni a seguire io e mio padre parliamo, forse per la prima volta. Mi dice di quando era giovane e dei suoi sogni, dei suoi genitori e di mia madre, e pure del mio concepimento, ed è assolutamente imbarazzante, proprio come ci si può immaginare, ma necessario per ricostruire il nostro rapporto. Io ricambio confidando le mie paure.

«Non lo so, papà» dico una sera. «Ho paura di parecchie cose: il mare aperto, la guerra, le mucche.» Ridacchio.

Mio padre annuisce senza rispondere.

Sdraiati nei nostri scomodi letti, osserviamo le palme ondeggiare fuori dalla finestra. La notte profuma di frutti maturi.

«Ma più di ogni altra cosa» riprendo, «ho paura del tempo. Mi terrorizza, e mi terrorizza da quando ne ho memoria. Perfino da bambino, pensa, mi svegliavo nel pieno della notte in preda agli incubi e alle vertigini. Vedevo quest'uomo, nei miei sogni, dirmi che non si può tornare indietro.»

«Non si può tornare indietro?» Mio padre si mette a sedere e si china a raccogliere un bastoncino da terra. L'oscurità è troppo fitta e mi è impossibile vedere i suoi movimenti con chiarezza, ma lo immagino descrivere cerchi nella polvere per terra.

«Significa che ogni scelta è per sempre. Certo, possiamo cambiare idea e tornare sui nostri passi e, in alcuni casi, perfino cancellare le conseguenze delle nostre decisioni, ma il tempo perso è irrecuperabile.» A mia volta mi metto a sedere. Un cane abbia in lontananza. «E anche tornando indietro, al bivio, le opzioni davanti a noi potrebbero sembrarci le stesse, ma in realtà non lo sono, perché il tempo è passato.»

«Ma dobbiamo scegliere ugualmente.» Mio padre sospira, eppure la sua voce risuona nitida.

«Come possiamo prendere decisioni se la posta in gioco è tanto alta?»

«Se non prendi alcuna decisione, stai comunque già scegliendo, no? Scegli di restare fermo.»

Parla a me o a se stesso? Arriccio gli alluci e il tepore

del pavimento mi è di conforto. «Il tempo cambia tutto, anche noi. Non credi?»

«Forse, o forse lucida semplicemente le nostre sfaccettature, come fossimo diamanti grezzi, mettendo in risalto l'una o l'altra versione di chi siamo. Il passare del tempo e le nostre scelte: ecco cosa ci definisce.»

Aggrotto la fronte. Tutti dormono a Dayavu Home, ma la foresta brulica di vita. Gli insetti friniscono inascoltati, gli uccelli notturni lanciano richiami e le foglie sfregano l'una contro l'altra tenendoci compagnia.

«E se non potessimo scegliere *affatto*? Intendo: e se fosse destino?»

«Quando la nostra azienda è fallita, non era destino.» Mio padre si volta a guardarmi. «È successo, ma non era destino. La tua presenza qui non è destino. È una tua scelta.»

Annuisco e continuo a osservare il mondo attraverso la finestra.

Poi parliamo d'amore. Gli dico di come, partendo la prima volta, l'amore, quello cieco e totalizzante tipico degli adolescenti, avesse spaccato il mio cuore in un milione di piccoli pezzi, e di come questo luogo e queste persone li avessero rimessi insieme.

«Mi hanno salvato, papà» spiego con un cenno del capo al dormitorio. «Mi troverei in un posto parecchio buio oggi, se non le avessi incontrate.»

Silenzio.

«Questa può essere la tua vita» dice, dopo un momento di esitazione.

Lo guardo, la sorpresa ad accelerare i battiti del mio cuore. Posso a malapena distinguere il suo volto. «Ma io devo tornare.»

Mio padre non dice nulla.

«*Devo*» ripeto.

«E chi lo dice?»

Stavolta sono io a restare in silenzio. «Tutti» rispondo infine.

Lontana come in un sogno, la musica proveniente da un villaggio vicino accarezza l'aia trasportata dal vento. Poi il vento cambia, e la musica svanisce.

«Non lo so, papà» faccio dopo un po'. «Non so nulla. Nessuno di noi sa nulla, a casa, né i miei coetanei né gli adulti, e questa incertezza ci sta facendo sbiadire giorno dopo giorno.»

«Questo perché la gente cerca conferme in fattori esterni.» Si sfrega le mani. «La famiglia, il denaro, l'amore, la carriera…»

«Mi sento vecchio» lo interrompo. «Ho vent'anni e mi sento vecchio.»

Mio padre si schiarisce la voce ma non dice nulla. Getta il bastoncino dalla finestra. So che comprende, almeno in parte, la mia inquietudine: ha rinunciato alle opportunità più grandi della vita proprio per paura di perdere i punti di riferimento di cui ha parlato. Ma non è forse il compito di un padre incoraggiare il proprio figlio a compiere scelte migliori? E allora perché se ne sta zitto, maledizione?

"Papà" vorrei dire, "il fallimento crea dipendenza."

Ma le parole mi restano incastrate in gola. Le ferite della mia adolescenza sono ancora troppo fresche per toccarle stanotte.

Il vociare della foresta colma il silenzio tra noi.

«Pensi che riusciremmo a parlare così anche a casa?» chiedo.

«In che senso?»

Guardo lontano come a cercare una risposta nella notte. «Pensi che le persone siano diverse quando si trovano in un luogo diverso?»

«Noi siamo quello che facciamo. Qui sei felice perché fai qualcosa che ti rende felice.»

«E tu?»

«Non preoccuparti per me.» Mio padre si alza e mi posa una mano sulla spalla. «Tocca a te ora. Puoi essere chiunque tu voglia essere.»

«E se non so chi voglio essere?»

«Sii un uomo migliore di me.» Si siede sul letto accanto a me. «Bevi più latte, mangia più verdure, e cerca di commettere errori migliori dei miei.»

Parliamo a lungo. Dei miei e dei suoi sbagli. Non ci scusiamo, non ancora, ma li ammettiamo, e questo mi fa sentire meglio, più onesto e più leggero. Gli dico ciò che penso del mondo e della vita in generale, e lui mi ascolta, stavolta, senza addormentarsi.

Quando, due settimane dopo il nostro arrivo a Dayavu Home, deve ripartire per tornare a casa, dove comincerà un nuovo lavoro, i ragazzi sono tristi, ma lo mostrano silenziosamente, con estrema dignità, come la vita ha insegnato loro. Hanno accettato la sua presenza fin da subito, amano quando li lancia in aria e li riprende al volo e, lo vedo benissimo, anche lui si è affezionato a loro più di quanto avesse pensato possibile.

«Mostra ai bambini che sono importanti per te» mi incita mio padre, abbracciandomi in aeroporto.

Dovrò tornare a mia volta, tra una settimana, e riprendere gli studi, ma seduto nella Sumo, in silenzio, non riesco ad aggirare la domanda che mi frulla in testa: si è trattato solo di un capitolo della mia vita o della mia vita riassunta in un capitolo?

Spesso si sente parlare di gente che molla tutto per intraprendere spedizioni umanitarie all'altro capo del mondo, eppure nessuno parla mai di ciò che accade dopo, alla fine di queste missioni. Che ne è delle vite di chi abbiamo aiutato e che ci lasciamo alle spalle? Che ne è della nostra vita, quando sappiamo che avremmo potuto fare la differenza, ma siamo dovuti tornare a casa?

Trascorro gli ultimi giorni a Dayavu Home perennemente scalzo, giocando con i ragazzi e aiutandoli con i compiti e lo studio, cercando di imprimermeli dentro, ma nonostante questo il tempo non basta mai, la sabbia scorre precipitosa nella clessidra.

Sto spazzando l'aia, e Antony, il bambino con cui avevo legato di più durante la mia prima missione, quello che più aveva pianto al momento del commiato, mi si avvicina e mi dà un buffetto sull'orecchio. Abbandonato dalla madre in tenera età e lasciato solo con un padre affetto da problemi mentali prima e con un nonno alcolizzato poi, Antony ha mantenuto le distanze da quando sono tornato, ma ora ride aspettando che io lo rincorra, e così faccio: lo inseguo a perdifiato e, proprio quando sto per acciuffarlo, lui si arrampica su un mango, aggrappandosi alle fronde più alte, fuori dalla mia portata.

Rimane lassù, ansante, con uno sguardo che non so decifrare.

«L'avevi promesso.» La sua iniziale reticenza si trasforma in un sorriso, e il suo sorriso nasce negli occhi, che si addolciscono per primi per poi contagiare l'intero volto. Proprio così: salutandolo quattro mesi fa gli avevo promesso che sarei tornato. Per un bambino orfano, capisco, una promessa mantenuta è il mondo intero.

Forse non cambierò il mondo, ma posso cambiarlo almeno per un bambino.

È stato il periodo più buio della mia vita a condurmi a Dayavu Home, e questi ragazzini mi avevano salvato. Il minimo era cercare di ricambiare.

Il mio regalo, questo Natale, è la consapevolezza che fare ciò che ami è il modo migliore di celebrare la vita.

Quando arriva l'ultima sera, sazio dei frugali manicaretti di Sushila, sto sorseggiando tè e discutendo con Joshua dell'impianto elettrico del nuovo dormitorio. Mi giro di scatto dalla sua parte posandogli una mano sulla spalla, proprio come lui faceva con me.

«Mi trasferisco qui» dico, d'impulso ma con la più assoluta sicurezza, senza neanche realizzare che con queste parole la mia vita cambierà per sempre. «Mi trasferisco qui, e farò del mio meglio per aiutarvi. Lo prometto.»

2

Un giorno nella nostra vita

> Una persona vale quanto la sua parola.
> MARKUS ZUSAK, *Storia di una ladra di libri*

Agosto 2014

La sveglia suona all'alba, la luce lattea di un sole acerbo filtra dalle finestre del nuovo dormitorio. Grugnendo, mi rigiro sul materasso duro, mi metto a sedere e strofinandomi gli occhi m'infilo le ciabatte. L'aria fuori è umida, fresca e profumata, ancora priva dell'afa che il mattino porterà con sé. Mi lavo i denti ammirando la natura che mi circonda, le fronde degli alberi da frutto, la collina Malai.

Quando sono pronto, seguo i ragazzini verso la piccola cucina, dove il tè di Sushila ci attende fumante. Se mi distraggo e lo bevo d'un fiato, mi scotto il palato, ma a piccoli sorsi è amaro, corposo e squisito, nonostante non abbiamo i soldi neanche per aggiungere il latte.

Dopo ci disperdiamo come al solito per portare a termine le mansioni mattutine: chi a cogliere i gelsomini, chi a spazzare l'aia, chi a prendere la legna per il fuoco, chi ancora a innaffiare le viti e gli alberi da frutto. Alcuni di noi hanno compiti specifici: Antony, per esempio, munge la mucca Chaula e la porta al pascolo, Karthick assiste Sushila nella preparazione della colazione. I ragazzi sono orgogliosi di aiutare all'interno della loro casa: la responsabilità di provvedere al fabbisogno comune, dice Joshua, fa parte della loro formazione, e per me è un onore partecipare.

Alle otto facciamo colazione a base di *dosa* e *sambar*, i ragazzi seduti in cerchio nel nuovo dormitorio e io, Joshua e Rosie nella veranda della loro piccola casa. Il cibo è semplice, ma gli ingredienti appena raccolti e cucinati con cura fanno sì che ognuno attenda i pasti con trepidazione.

Avevo fatto a botte con l'astinenza dallo zucchero durante il mio primo soggiorno – sognavo sempre dolci e caramelle – ma ora ho imparato a sostituirli con la frutta fresca, me la cavo meglio e mi sento notevolmente più sano.

L'aria di agosto è carica di piogge promesse e mai mantenute, i vestiti cadono pesanti sulla pelle, e le nostre chiacchiere mattutine si srotolano serene come il clima.

«Il giornalismo, certo» dico tra un boccone e l'altro. «Ma poi, cosa? Guerra? Investigazione? *Finanza?*»

Joshua scuote la testa intingendo la punta delle dita nella salsa. «Tu ti stai chiedendo cosa farai, ma questa non è la domanda giusta» risponde passandomi il *chutney*. «Chi sei? Chi vuoi diventare? Queste sono le domande che ti definiranno.»

Purea di patate e perle di saggezza, una normale colazione a Dayavu Home.

Partiamo per portare i ragazzi a scuola poco prima delle nove, la Sumo stracolma di quindici pargoli lavati, pettinati e vestiti in modo impeccabile nelle uniformi che si lavano ogni giorno. Prendo il mio posto tra loro, Wilson come al solito seduto sulle mie gambe, accertandomi nel viaggio che non si siano scordati nulla e ripassando ciò che abbiamo studiato la sera prima.

«Sei per sette.»

«Quarantaquattro» risponde Vignesh.

«Scemo» dice Cli.

«Niente insulti» faccio io.

«Quarantadue» interviene Santhosh, rivolgendo a Vignesh una smorfia.

«E niente sbeffeggiamenti» aggiungo.

Trascorro il resto della mattinata assistendo Joshua nella gestione di Dayavu Home. Compriamo il riso per colazione, pranzo e cena da un'anziana che lo vende a metà prezzo, e trattiamo sul costo delle verdure che non coltiviamo e del pollo per la domenica; incontriamo questo e quell'ufficiale governativo, assicurandoci così in caso di emergenza l'intervento dei pompieri in una zona tanto remota, e parliamo con il dottore, che si dice disposto a visitare gli orfani se dovessero ammalarsi; andiamo a colloquio con gli insegnanti; vendiamo al mercato la frutta inscatolata la mattina.

Pranziamo con Sushila all'ombra delle frasche, spettegolando sugli abitanti del villaggio, che ormai conosco per nome. Joshua è un grande oratore, ama raccontare aneddoti e io lo ascolto volentieri.

Lo stomaco pieno, aiuto Joshua a scaricare la Sumo e sistemare nel piccolo magazzino i sacchi di riso e gli ortaggi, poi lo assisto passandogli gli utensili mentre ripara la vecchia motocicletta. Il sole picchia impietoso arrostendo ogni forma di vita nella sua traiettoria, eppure non rinuncerei a queste lezioni pratiche per nulla al mondo.

Una volta sbrigate le mansioni del primo pomeriggio, Joshua si ritira per una pennichella, e io mi dedico alla scrittura e allo studio.

Poi, quando dal viale tra i manghi sento i bambini correre tornando da scuola, chiudo il mio taccuino e li saluto uno a uno, dandogli il cinque o battendo il pugno contro il loro. Mi raccontano la loro giornata mentre portiamo le capre al pascolo e così, in base alle osservazioni dei loro maestri, pianifico la mia lezione serale.

Al calar del sole, quando la brezza si fa più mite, ci raduniamo nel campo da gioco, carichi come molle per la partita che disputeremo. Gli sport preferiti dai bambini sono la pallavolo e il *kabbadi*, un gioco di contatto che sfocia spesso e volentieri in qualcosa di molto simile alla lotta greco-romana. Insomma, un vero spasso. Alla fine dell'ora dei giochi, siamo sudati e rossi di polvere fino alle orecchie – Joshua compreso, quando si unisce alla competizione.

Mi faccio una doccia veloce godendomi il getto naturalmente caldo che esce dalle tubature arroventate dal sole. Dopodiché, seduto a terra nel nuovo dormitorio, abbastanza spazioso da fare anche da sala studio e ricreazione, inizio la lezione di inglese: speravo di aver chiuso per sempre con la grammatica dopo il liceo, e invece eccomi qui.

Dopo cena, sorseggiando il tè sotto le stelle, parlo con Joshua e Rosie della mia università e delle difficoltà incontrate studiando in un contesto totalmente nuovo, in un ambiente con cui non avevo mai avuto nulla a che fare e in cui ero finito quasi per caso: la classe dirigente indiana.

Mi addormento esausto, il mio materasso accanto a quello dei ragazzi, pensando che sì, nonostante le avversità, questa è la scelta giusta.

Ero tornato in patria con le idee chiare dopo la donazione natalizia: mi sarei iscritto all'università in India e avrei studiato giornalismo, così da continuare il mio lavoro a Dayavu Home.

Feci richiesta nel modo più casuale, basandomi su una ricerca sommaria e sulla mera intuizione. Senza saperlo, baciato dalla fortuna, fui ammesso alla migliore università di giornalismo del Paese, una scuola per cui quarantamila studenti facevano richiesta ogni anno e a cui solo centosessanta avevano accesso. L'eccellente reputazione dell'istituto aveva un prezzo: un rigore simile a quello di un'accademia militare.

Adesso, tra la sconcertante mole di studio, il susseguirsi di lezioni fino a sera e i progetti extracurricolari, non mi resta che preparare il mio zaino verde il venerdì e – dopo un'ora e mezza di volo per il Tamil Nadu e otto ore di pullman notturno – raggiungere all'alba, stremato, l'orfanotrofio, per poi ripartire dopo quarantotto ore. Nonostante la fatica, amo quest'avventura e l'idea di avere, dopo una settimana di studio nel cuore di una metropoli annichilente, la mia Casa ad attendermi per il weekend. Perché questo è Dayavu Home, per me. Casa non è solo il luogo in cui si è nati. Casa è specialmente il luogo in cui si cresce, in cui si diventa.

In città mangio pasta all'olio e insalata al limone per risparmiare e potermi permettere il viaggio a Dayavu Home il più spesso possibile. Alcuni potrebbero considerarlo un sacrificio ma, dopotutto, mi sono trasferito per cercare di fare la differenza nella vita dei miei ragazzi, e questa è la mia assoluta priorità.

Il vero sacrificio è stato salutare la mia famiglia per abbracciare questa vita nuova, lasciarla sapendo che mi sarei perso mio fratello che cresceva e i miei nonni che invecchiavano. Allontanarmi da loro era doloroso come strapparmi la pelle di dosso, ma abbandonare i ragazzi equivaleva a vivere nudo, senza pelle né muscoli. Una vita spoglia, in poche parole. Sono partito consapevole di stare lasciando la sicurezza di un mondo noto, dello status quo, rischiando tutto per queste venti anime luminose.

Finché dura, mi dico. Finché non perdo l'entusiasmo. Finché ho un po' di coraggio in tasca. Finché ho la dose d'incoscienza necessaria per dire: "Dobbiamo andare". Perché l'India, semplicemente, mi rende felice. Appagato, orgoglioso e pieno di possibilità, ma soprattutto felice.

Non è stato sempre tutto rose e fiori.

Ho dovuto affrontare la mia buona razione di scetticismo malcelato e sfacciato criticismo, prima della partenza.

«Buona fortuna» mi disse il padre di un amico, in tono canzonatorio.

«Ma ci sono le università là?» chiese una conoscente, sospettosa.

«Ma ci sono le macchine?» fece un amico, genuinamente preoccupato.

Se non alzai gli occhi al cielo, fu solo perché in quei momenti mi ripromisi di fare il possibile per smontare l'immagine stereotipata dell'India e per raccontarla, un giorno, in ogni sua contraddittoria sfumatura.

Mi sono schiantato contro la mole della mia promessa appena giunto all'università. È stato nella megalopoli culla dei miei studi, e dunque lontano dall'angolo di paradiso che era Dayavu Home, che ho visto con questi occhi in che modo la ricchezza, il potere e il privilegio deformino l'animo umano. È stato laggiù che ho conosciuto per la prima volta gli effetti della cocaina sui visi stravolti e il potere che esercita sulle persone, ho contemplato dal vivo le conseguenze che la morte improvvisa, indesiderata di un ragazzo ha sui suoi coetanei e mi sono trovato circondato da una ricchezza tale da sfociare in manie di onnipotenza. Da bravo giornalista in erba, volevo entrare nella tana del coniglio, e così, quando se ne è presentata l'occasione, non mi sono tirato indietro. Ho scoperto presto che l'infelicità non è propria di chi non ha nulla, ma di chi crede di possedere tutto. Ho scoperto che il mondo a volte mostra il suo lato più oscuro non a chi soffre, ma a chi gode dei piaceri più deliziosi. Ho guardato l'India in faccia, l'altra faccia di cui nessuno parla mai, e quella senza battere ciglio ha ricambiato il mio sguardo.

Ma questa è un'altra storia, non è vero?

«Se vuoi restare, sei il benvenuto. Ma se già pensi che un giorno te ne andrai, per favore, per il loro bene, vattene ora.»

Queste erano state le parole di Joshua, al termine della mia prima missione di volontariato. Aveva ragione: più a lungo mi fossi fermato, più i bambini mi si sarebbero affezionati e, dunque, più traumatica sarebbe stata la separazione.

Il nostro rapporto era cambiato, dopo quel confronto, e anche ora che sono tornato per restare, nonostante la gioia che provo, alle volte mi sento lontano, come se una pellicola invisibile e sottile si fosse interposta tra me e tutti loro. Sì, anche tra me e i ragazzi.

Oggi, dopo la sveglia, sto aiutando i piccoli a versarsi il tè, quando vedo Dhakshina, il ragazzo più grande dell'istituto e uno dei miei amici più cari, arrivare di corsa.

«Buongiorno» lo saluto.

Non risponde. Non mi guarda neanche. Tira dritto a grandi falcate.

«*Anna*» mi richiama Santhosh, «lo stai rovesciando.»

Asciugo il tè versato sul ripiano di terracotta. Il comportamento di Dhakshina mi ferisce, come quando ti tagli sfogliando le pagine di un libro amato. Dal giorno del nostro primo incontro nel vigneto, oltre un anno fa, ho sempre nutrito grande ammirazione per lui. Abbiamo la stessa età, ma Dhakshina è già sopravvissuto a uno tsunami, ha imparato l'inglese da autodidatta ed è il braccio destro di Joshua: è lui che gestisce l'orfanotrofio quando Joshua è assente ma, nonostante questo, trova sempre il tempo per leggere, informarsi e sognare oltre il villaggio. A differenza dei suoi coetanei, non ambisce a sposarsi e fare una valanga di figli, ma a vedere il mondo. Lui è il mio migliore amico. E ora mi tiene a distanza. Ho fatto qualcosa di sbagliato?

Per scacciare il senso di delusione, mi dedico al lavoro nei campi. Stiamo facendo il possibile per salvare gli alberi da frutto dall'estrema siccità scavando nuovi canali di scolo e, con l'aiuto dei contadini vicini, costruendo un nuovo impianto d'irrigazione.

«Il cambiamento climatico si ripercuote sul tessuto sociale» dice Joshua passandomi un tubo di plastica da legare al tronco di un albero. «Non piove da mesi, ma la gente deve comunque mangiare. I prestiti, le fughe improvvise, il suicidio, l'alcolismo, il furto e perfino l'omicidio: l'aumento di questi fenomeni è legato alla carenza d'acqua, in un modo o nell'altro.»

Anche i piccoli sono coinvolti nella costruzione del nuovo impianto d'irrigazione. Tengono gli utensili a portata di mano, fanno la staffetta per portarci bottiglie d'acqua dal cucinino. La gravità della situazione è chiara anche a loro, ma sono gli unici a non lasciarsi scoraggiare, corrono in lungo e in largo, trasformando il lavoro in un gioco. E per fortuna: non esiste nulla di tanto terapeutico quanto la risata di un bambino.

Facciamo ritorno dai campi in tempo per il pranzo, una montagna di riso innaffiato di *sambar*. Nonostante la fame da lupi, capisco che è successo qualcosa.

Joshua è stranamente taciturno mentre mangia, lo conosco abbastanza da intuire che il problema non può essere semplicemente legato alla siccità.

Dhakshina non si fa vedere fino a tardi, e quando arriva pranza da solo, gli occhi incollati al piatto, per poi tornare a studiare in vista degli esami.

«Tutto buono» rompo il silenzio, complimentandomi con Karthick, che sta imparando l'arte culinaria da Sushila e punta a iscriversi a un corso di cucina, una volta finita la scuola, scelta inusuale per un ragazzo, specialmente in un villaggio dove pentole e fornelli sono riservati alle donne... ma da quando lo conosco è questa la sua passione.

Sfilo accanto al nuovo dormitorio, dove i bambini

riposano sulle stuoie, rinfrescati dall'impianto di ventilazione, aspettando che la calura del sabato pomeriggio diminuisca.

Seduto sui gradini d'ingresso, Antony osserva le frasche degli alberi massaggiate da un accenno di vento, e mi accorgo che qualcosa non va anche nei suoi occhi.

«Allora, come stai?» chiedo sedendomi accanto a lui.

«Tutto bene» risponde, lo sguardo perso in lontananza.

«Ho visto che Cli ha finito i compiti di grammatica. Tu a che punto sei?»

«Metà» risponde voltandosi. «Mi puoi aiutare?»

«Sicuro.»

«Ma non ora» si affretta ad aggiungere. Non è un fan dei compiti.

Ridacchio. «Chiaro. Facciamo verso le sei?»

Antony annuisce. Mi alzo.

«*Anna*» dice, ma quando mi giro lui mi fissa in silenzio.

C'è qualcosa di storto, ne sono certo.

Così mi tocco il petto e poi indico il suo, descrivendo nell'aria un filo, da cuore a cuore – un gesto abituale per noi – e gli strappo un sorriso.

Passo davanti al vecchio dormitorio. Dhakshina è immerso nei libri, e decido di lasciarlo studiare, ho già il mio bel daffare a familiarizzare con i nuovi arrivati. Per ogni bambino che, come Dhanasekar, lascia Dayavu Home, uno nuovo arriva, portando con sé un mucchietto di vestiti e le cicatrici della vita passata.

Muthu, un piccolo creativo di dieci anni con il sogno di diventare attore, è uno di loro. Fin da subito si è rivelato affettuoso, sempre pronto al sorriso e allo scherzo. Cerca continuamente la mia vicinanza per attaccare bottone, in barba al suo inglese stentato. Non so molto del suo passato, ma sono lieto di vedere che gli altri lo hanno accettato di buon grado. Certo, non mancano di stuzzicarlo con l'ingenuità tipica della loro età. Il bersaglio preferito è il suo aspetto fisico, caratterizzato da una pigmentazione chiara, quasi color caramello, inusuale nell'India meridionale, e da un paio di occhi verdi. «Sei bello come una ragazza» gli dicono e, sebbene io intervenga quasi sempre per porre fine allo scherzo, Muthu si rabbuia ogni volta.

Dayavu Home è un porto sicuro per bambini che provengono da famiglie disastrate, spesso afflitti da un passato carico di abusi e privazioni. Una volta accolti oltre il nostro cancello, a questi bambini sono assicurati un luogo in cui crescere, pasti regolari e un'istruzione. Quaggiù convivono bimbi con ancora tutti i denti da latte e ragazzi abbastanza grandi da sfoggiare i baffi, e quella che si sviluppa tra loro, a differenza di ciò che accade spesso negli orfanotrofi, non è mai una forma di proiezione psicologica dei soprusi subiti in famiglia, ma piuttosto la volontà di coalizzarsi contro di essi, un'unione fraterna in grado di allontanare le ombre del passato di ciascuno. Certo, quando litigano se le danno di santa ragione, ma alla fine sono pronti a fare pace e riconoscere l'uno nell'altro un legame più forte di quello sanguigno: quello che deriva da una scelta senziente.

Giochiamo a *kabbadi*, facciamo i compiti e preghiamo. Calata la sera, mangiamo *chapati* e *chutney* di cocco, bagnati dalla fioca luce dell'unico lampione.

Antony è ancora taciturno, e così Joshua.

Dhakshina, invece, sfilandomi accanto per lavare il suo piatto, indugia un attimo. «Non posso parlarti» sussurra. «Sono in punizione.»

«Che è successo?»

«Non posso dirtelo. Te lo dirò, ma ora non posso.»

E quando si allontana, sento la distanza tra il mio cuore e il suo.

«Che c'è?» chiedo a Joshua quando i ragazzi si ritirano per la notte.

Joshua beve il suo tè con deliberata lentezza. «Sta seguendo le orme paterne» risponde. Trattengo il respiro, perché so cosa significa: il padre di Dhakshina, dopo che la madre li ha abbandonati, si è suicidato dopo essere stato scoperto a rubare sul lavoro. «Ha rubato il cellulare di una compagna» dice Joshua guardando lontano.

Il profumo della sera si fa dolciastro, quasi viziato, poi la mia gola si chiude e non sento più alcun odore. Non dico nulla, non saprei cosa dire, cosa fare: non posso far sapere a Dhakshina che sono a conoscenza del misfatto senza che lui stesso me ne parli prima.

Sono stato uno di loro, ho lavorato con loro, giocato con loro, studiato con loro, gioito e sofferto con loro, durante la mia prima missione. Poi me ne sono andato e, al mio ritorno, qualcosa è cambiato. Non capisco cosa, e non capisco come tornare al punto di partenza.

In questa notte di fine agosto, le parole di Joshua mi riecheggiano in testa, ora più reali e condivisibili che mai: «Chi sei? Chi vuoi diventare?».

3
Il volonturista

> Non sono gli uomini che scappano dalla vita perché è noiosa, bensì è la vita che rifugge dagli uomini perché sono meschini.
>
> THOMAS WOLFE, *O lost. Storia della vita perduta*

Novembre 2014

Ormai la mia vita è fatta da due mondi vicini ma inconciliabili. Da una parte sono un ventunenne universitario che, come tanti, vive da solo per la prima volta, circondato da bar, ristoranti, locali e dalle mille opportunità di una metropoli asiatica. I miei compagni di studi passano il tempo a divertirsi e m'invitano spesso a unirmi a loro, ma dopo un po' scuotono la testa rassegnati e lasciano perdere. E questo perché dall'altra parte sono un volontario che ha attraversato il mondo per inseguire un sogno. Ho fatto errori in passato e ho rischiato di farmi inghiottire da una vita a cui non appartenevo: oggi, forse, sono riuscito a sfuggirle, ma percepisco sempre in agguato la minaccia di un'esistenza senza peso. Quindi faccio del mio meglio e declino gli inviti a uscire. Frequento le lezioni con assiduità e studio pomeriggio e sera per essere libero nel fine settimana.

Non è una scampagnata. A volte mi sento solo e fatico a socializzare. Brancolo in una cultura che conosco a malapena e in una città che non ha nulla da spartire con il luogo in cui sono nato. Eppure sono felice. Mi concedo sparute videochiamate con gli amici del liceo cercando un barlume di familiarità, e loro scherzano: «Sei pazzo, non riuscirei mai a fare quello che fai tu». Poi si lamentano delle solite cose e persone, e sento sempre una nota di paura nelle loro voci. È lo stesso terrore che mi serrava la gola, un tempo, e di cui ora mi sono liberato.

Sono felice. Lo sono ogni volta che all'alba del sabato trascino il mio corpo esausto oltre i cancelli di Dayavu Home e vedo la mia promessa perpetuarsi negli occhi dei miei bambini. Lo sono quando mi sfilano lo zaino dalle spalle e mi mostrano il mio letto già fatto. Lo sono quando, la sera, vedo i loro progressi in inglese e matematica, settimana dopo settimana, mese dopo mese, e so di costruire qualcosa.

Ora siamo a novembre e, terminati gli esami del primo semestre, l'università mi ha assegnato a una scuola elementare a basso reddito a Chennai, la capitale del Tamil Nadu, per svolgere il mio primo stage. Lavoro come assistente all'insegnante di ruolo con l'organizzazione no-profit Teach For India, parte del movimento globale Teach For All, che punta alla rivoluzione del modo di fare istruzione partendo dalle scuole più svantaggiate. Così, al di là di ogni mia aspettativa, mi sento chiamare "maestro" da una classe di quarantasette studenti di quinta elementare. Insegno inglese e matematica sette ore al giorno, cinque giorni a settimana per quasi due mesi.

Mi affeziono presto sia ai bambini sia alla maestra, Priya, un'affascinante ingegnere di ventotto anni che ha lasciato un posto da programmatrice in una delle più grandi aziende al mondo per insegnare ai bisognosi. E come biasimarla? A ricompensarti bastano gli occhi colmi di speranza dei ragazzini, che si fermano dopo la scuola per fare ripetizioni nonostante non ne abbiano bisogno, nonostante le moltiplicazioni a due cifre le sappiano già. Molti di questi bambini si fermano oltre orario anche per sfuggire ad ambienti domestici abusivi, popolati da padri che bevono e madri che picchiano perché picchiate.

La regola non scritta di ogni volontario è che non puoi ignorare chi ti aspetta. Comincio così ad aspettare a mia volta, trovandomi spesso a percorrere con loro la strada verso casa, maestro e allievo insieme.

«Fai in modo che ogni tua decisione» mi dice Priya in una delle nostre lunghe passeggiate dopo la scuola «ti porti di un passo più vicino al tuo obiettivo finale.»

«E se non lo conosco, il mio obiettivo finale?»

Passa un istante prima che risponda. «In che mondo vorresti vivere?»

«Un mondo più giusto» rispondo dopo un momento di riflessione. «Un mondo in cui la gente soffra di meno.»

Priya tace.

«E tu?»

«Non lo so.» L'ombra di un sorriso le appare sul volto. «Ma sto crescendo.»

Cala il silenzio. Scorgo il lume di una nave lontana nella totale oscurità dell'orizzonte.

«Non conosco il senso della vita» dice scostandosi una ciocca di capelli dal viso. «Forse la vita non ha senso. Ma questo non significa che puoi arrenderti, anzi, significa riconoscere che sei tu a doverglielo dare.» Priya chiude gli occhi e non so se stia cercando le parole o se abbia finito di parlare. Senza dubbio, si sta godendo la brezza marina. «È inutile perdersi nella ricerca dei perché della vita e dimenticarsi di vivere» aggiunge infine. «Spetta a noi definire il nostro scopo.»

Sediamo sulla sabbia di Marina Beach dopo un'altra serata trascorsa a esplorare i segreti di Chennai.

«Eppure i perché sono importanti» dico senza troppa convinzione.

Priya si volta a guardarmi e sorride. «Lo so, ragazzino, tu pensi che l'India sia il tuo destino.»

«E tu no, zia?»

Ci facciamo beffe l'uno dell'altra sottolineando gli anni – pochi – che ci separano.

«Il destino è un trucco da furbastri» risponde, e la sua voce si mescola con quella delle onde. «È lo stratagemma usato dai preti per spillare soldi alle famiglie dei nostri studenti.»

Gran parte di ciò che Priya dice mi scuote dalle fondamenta. Gran parte di ciò che dice mi trova in disaccordo. Eppure ascolto in religioso silenzio. Di quando in quando rubo occhiate furtive del suo profilo. Il naso all'insù, la pelle ricca, il movimento delle labbra mentre vivisezionano il mio mondo – tutto questo è nuovo per me, nuovo e misterioso, nuovo e intrigante, nuovo e sovversivo.

«Sono qui perché è giusto» continua seria, «non perché è scritto.»

Ogni giorno, quando finiamo d'insegnare, Priya mi porta a scoprire la città. O meglio, lei mi trascina e io la seguo estasiato. Mi porta a vedere i palazzi coloniali e i grattacieli in costruzione; mi svela il cibo migliore, quello di ristoranti di lusso, e quello del chiosco sul ciglio della strada; beviamo succo d'uva spremuto sotto i nostri occhi e parliamo, parliamo di tutto e di niente. Parliamo per ore e ore, e me ne accorgo appena, finché poi non sbatto le palpebre e mi ritrovo seduto in spiaggia accanto a lei, ed è notte.

«Come fai a vivere senza punti di riferimento?» chiedo, con un nodo allo stomaco.

«Come sarebbe a dire "senza punti di riferimento"?» Priya mi squadra da capo a piedi. «Credo nella famiglia...»

«Aspetta» la interrompo, «ma se ieri mi hai detto di non volere figli!»

«Credo nella famiglia fondata sull'amore anziché sui geni.» Sorride, e il vento tace davanti al suo sorriso. «Credo nell'essere genitore, ma credo che avere figli sia un privilegio e non un diritto. Credo nella responsabilità degli uomini e delle donne di lasciare il mondo, se non un po' migliore di come l'hanno trovato, almeno non peggiore. Credo che il senso della vita sia alleviare il dolore di chi amiamo.» Scrolla le spalle. «Vedi, ho punti di riferimento a bizzeffe, solo non quelli surgelati che la società ci propina. Se proprio devo, mi piace impacchettarli e infiocchettarli da me.» Si sdraia sulla sabbia.

Parliamo di film, del mare che tanto ama e della notte che amo io, come due adolescenti; poi, quasi d'un tratto, ci mettiamo a parlare del futuro e del Grande Piano, di cos'è certo e di cosa lo è sembrato senza esserlo stato mai. Parliamo dell'idea di casa e di quanto sia terribile sentirsi fuori posto. Priya è una delle persone migliori che abbia mai incontrato, ma non crede nel destino, nel karma o in Dio. Com'è possibile?

«E allora?» chiedo. «Perché sei qui? Qual è il tuo Grande Piano?»

Ride. La sua risata ricorda uno strumento scordato, sale e scende senza preavviso. «Bella domanda» risponde. «La verità è che non ne ho idea.» Si ferma a pensare e si sistema i capelli dietro le orecchie. «Vorrei solo che i nostri studenti potessero scegliere ciò che è meglio per loro. La gente pensa di avere una scelta, ma è un'illusione. Se ce l'avesse, le cose non andrebbero così male. Il problema è che si lasciano ingannare, e lo fanno perché non hanno gli strumenti per conoscere e scegliere meglio. La gente merita di avere la possibilità di scegliere, scegliere per davvero.»

Per la prima volta sento parlare qualcuno che, sebbene su certe cose la pensi diversamente da me, mi capisce davvero.

«Sono sempre stato un tipo solitario, Priya.» Sembra quasi uno starnuto per come mi esce. «La gente non ci crede. Mi vedono sempre circondato di amici. Nella mia città natale, dopo aver organizzato la raccolta fondi per il dormitorio, tutti volevano un pezzo di me. Anni a etichettarmi come il cattivo ragazzo, e poi a un tratto ero diventato il loro preferito. Anche qui, per via del colore della mia pelle, mezza università vuole farsi vedere con me.» È strano, aprirmi mi dà il capogiro e al contempo schiarisce i miei pensieri. «Però di quanti di loro mi posso davvero fidare?»

«Casa non è un luogo» dice lei, «ma un altro essere umano.» Il suo sguardo si perde nel punto esatto in cui il mare svanisce nel cielo nero.

«Cosa significa?»

«Puoi fidarti dei tuoi amici?» chiede lei in risposta, le labbra che si muovono appena. «Forse sì, forse no. A dirla tutta, non so nemmeno se gli esseri umani possano fidarsi gli uni degli altri in generale, ma ricorda che questo è tutto ciò che hai. La scelta è tua: puoi osservare la vita da bordocampo o farne parte. Ricorda, però, che la vita ha valore in relazione a chi ci è accanto. E si rischia, sì, ma si rischia di più a stare a guardare.» Di nuovo, Priya chiude gli occhi. Stavolta però non riprende a parlare.

Coppie in cerca di riparo da occhi indiscreti punteggiano la spiaggia intorno a noi. Un paio di bancarelle male illuminate friggono *samosa* e il loro profumo aleggia nell'aria.

Mi sdraio accanto a lei. «Grazie. E scusa se a volte straparlo.»

«Non ti scusare per il tuo fuoco.» Priya parla con il coraggio sulle labbra. «La speranza muove ogni cosa.»

Sono innamorato di lei. Lo realizzo ora, in questo momento.

Per anni ho vissuto l'amore attraverso una porta a vetri: potevo vederlo, ma non potevo sentirlo. Non ho mai tentato di oltrepassare quella porta, ma sono certo che se l'avessi fatto l'avrei trovata aperta. Perché, quindi, non ci ho mai provato? Perché l'amore mi terrorizzava. Perché per me amore e ossessione sono sempre stati una creatura a due teste. Ma, soprattutto, perché il mio modo di amare ha spezzato il cuore di chi più di chiunque altro volevo proteggere, senza che io fossi in grado di impedirlo.

Stasera, però, ci voglio provare. Amare, dopotutto, è avere il coraggio di aprire una porta dietro la quale non sappiamo cosa si nasconda. Sono innamorato di Priya e lo sono in silenzio, con gli occhi più che con la bocca. Allo stesso modo amo i suoi occhi e amo come, attraverso di essi, vedo un mondo nuovo.

Ma Priya ha ventotto anni e si sposa quest'estate.

Insegniamo insieme per un altro mese, dicembre arriva in un batter d'occhio. Non riesco a dirle ciò che provo. Per distrarmi, inizio a prendere lezioni private di tamil e studio a più non posso, ogni sera, per diventare un insegnante migliore per i miei studenti.

Lavorando in Tamil Nadu, posso tornare a Dayavu Home ogni fine settimana senza dover volare, ma con un semplice viaggio notturno. Il tragitto, spesso popolato da personaggi pittoreschi e da un'afa soffocante nel bus sgangherato, si conclude con una scarpinata di quasi un chilometro attraverso i campi, all'alba, Billy Joel nelle orecchie, prima di vedere i cancelli dell'orfanotrofio emergere dagli arbusti.

Al sorgere del sole, quando non si dorme da ore, lo zaino pesa sulle spalle e i piedi si trascinano sul terreno rosso, mentre la mente vaga dove non dovrebbe, aprendo le porte alle stanze del passato. Così un velo di nebbia avvolge la pianura, il terreno si ricopre d'asfalto e file di villette a schiera rimpiazzano gli alberi. Sono di nuovo adolescente, in un luogo più freddo, lontano da qui.

Il fiato appestato dalla birra, barcollo accompagnato da un amico del liceo per le vie di un paese sperduto nella provincia. Gironzoliamo nei pressi di una rotonda in attesa del primo autobus della mattina, alle spalle una notte di bravate. Abbiamo perso il terzo membro della nostra banda all'alba, e stiamo cercando di rintracciarlo quando una volante delle forze dell'ordine, sopraggiungendo a tutta velocità, accosta accanto a noi. Penso che voglia darci una mano, vedendoci smarriti per strada, e così mi avvicino all'auto solo per vedere, seduto sui sedili posteriori, il volto pietrificato nientemeno che del terzo moschettiere, il nostro amico smarrito.

«Entrate in macchina» sbraita un agente, aprendo la portiera.

«Scusi?» dico io.

L'agente impreca uscendo dall'auto.

«Entrate in macchina!»

Eseguiamo. Il nostro D'Artagnan tiene lo sguardo fisso davanti a sé. I due agenti seduti sui sedili anteriori sono caricature di un film anni Settanta, quello alto e magro dal temperamento mite e quello basso e in carne dalla parolaccia facile.

«Datemi i cellulari» ordina quest'ultimo.

«Io non te lo do, il mio cellulare.»

«Datemi quei maledetti cellulari» insiste bestemmiando.

Obbediamo.

L'agente grasso si volta urlandoci in faccia. «Oggi vedrete le porte del carcere minorile.»

Mentre uno dei miei amici piange e l'altro è pallido come un lenzuolo, l'unico pensiero ad attraversare la mia mente è quanto la faccenda sia stranamente esilarante.

Scuoto il capo per scacciare il ricordo. La terra torna rossa e le villette alberi e la nebbia polvere. Nonostante siano passati anni, la memoria di quel mattino è ancora vivida, e con lei il ricordo intangibile del ragazzo che sono stato un tempo. Mi era stato detto che non valevo nulla così tante volte che avevo finito per crederci.

Adesso sento le voci acute alla fine del sentiero tra i

manghi, poi i ragazzi mi vedono arrivare e, correndomi incontro, scacciano il mio passato ancora una volta, ricordandomi che non è mai troppo tardi per diventare la migliore versione possibile di me stesso.

Completo il mio stage a Chennai appena prima di Natale, esattamente un anno dopo la mia decisione di trasferirmi in India.

«Per favore» mi supplicano i bambini della mia classe, «sii il nostro maestro quando Priya torna in America!»

Le loro parole mi riempiono il cuore. Lascio la classe promettendo di tornare e di non dimenticarli mai. E come potrei? Questi bambini hanno esorcizzato uno dei più spaventosi demoni della mia adolescenza. A scuola, da ragazzino, sentivo di non valere nulla. «Non andrai da nessuna parte» mi aveva detto un insegnante. Avevo quasi perso la fiducia nell'educazione.

Priya mi ha mostrato un'alternativa.

Priya mi ha mostrato come l'insegnamento dell'autocritica e dell'intelligenza emotiva siano essenziali allo sviluppo dello studente quanto la grammatica e la geometria. Mi ha mostrato come insegnare la giustizia, l'empatia e la determinazione sia forse più importante dell'analisi del periodo e dell'algebra. E mi ha mostrato come fornire a bambini che non hanno nulla gli strumenti cognitivi per imparare ovunque, siano a dispetto delle circostanze la lezione più importante.

Esiste un'altra via per crescere persone sane e brillanti, e non è la via dei test, dell'ansia o delle punizioni. Il sistema scolastico di oggi mi sembra obsoleto perché si fonda su pratiche non solo inefficienti, ma perfino dannose per l'apprendimento dello studente. Priya mi ha mostrato che esiste un modo di fare scuola che pone al centro i talenti e la creatività individuali, una scuola costruita dagli studenti, come una casa, e non intorno a loro, come una prigione.

Se Priya è riuscita a battere questa strada in India, senza risorse e in uno degli ambienti più duri al mondo, perché non ci riusciamo noi nelle nostre classi in Occidente? Ci penso tornando a Dayavu Home. Non ho ancora la risposta, ma ho la domanda, e questo è già metà del cammino.

Non avrei mai creduto di essere un insegnante anche solo vagamente decente, eppure, lavorando in quella che tutti definivano una classe di scarto, in una delle peggiori scuole della città, ho visto l'impatto che un paio di mesi della mia presenza ha avuto sugli studenti e ho capito che l'educazione, e solo l'educazione, può cambiare una vita in modo durevole.

Per via dei ritmi serrati dell'università, non mi è possibile tornare in Italia e incontrare la mia famiglia. Eppure mi sento a Casa. Proprio qui. Non c'è traccia di neve, nessun cenone né campanelli, ma sono comunque con i miei fratelli, e non vorrei trovarmi in nessun altro luogo al mondo.

Il nostro secondo Natale insieme è semplice: riso a pranzo, un pomeriggio di film in compagnia, stesi a terra sulle stuoie, poi le loro teste sulle mie spalle, la sera, quando si fa tardi.

Casa, per me, è il luogo in cui ho scelto chi diventare, e quest'anno ho scelto loro, i miei fratelli dai piedi nudi.

Periodicamente, l'associazione internazionale tramite cui io stesso sono arrivato a Dayavu Home ai tempi della mia prima missione ci manda un volontario – di solito un ragazzo bianco, europeo e benestante – che stia qui per un mese a "sperimentare" un orfanotrofio indiano.

Jack è proprio il ritratto perfetto del "volonturista".

Poco dopo le vacanze di Natale, si presenta al cancello dell'istituto in Ray-Ban, giacca nera e stivali, trascinandosi dietro una valigia enorme e un complesso del salvatore di eguali dimensioni.

Se devo essere onesto, dopo averci fatto quattro chiacchiere, Jack mi è subito sembrato un tipo a posto, un bravo ragazzo perfino, animato dalla voglia di scoprire il mondo e da una genuina inclinazione ad aiutare i bambini. E infatti il problema non è lui: lui è solo parte di un problema molto più grande.

«Ho saputo che anche tu sei arrivato qui tramite l'associazione» mi dice Jack un pomeriggio mentre, seduti a gambe incrociate, pesiamo e inscatoliamo i *nellikai* raccolti la mattina. «Perché poi ti sei staccato?»

Considero la domanda, chiedendomi se sia più appropriato dare una risposta di circostanza o dire la verità. «Perché è un business» rispondo, scegliendo la seconda.

«Ti aspettavi qualcosa di diverso?»

«No, credo di no, ma non vedo perché dargli tutti quei soldi solo perché se li intaschino facendoli sparire in un labirinto burocratico. Sono durato un mese con loro, poi ho continuato a lavorare qui per conto mio.»

«Quanto danno all'orfanotrofio?»

Sorrido. «Non lo vuoi sapere.»

«No, davvero» insiste, avvicinandosi. «Quanto?»

«Tre euro al giorno.»

«Non è possibile. Adesso gli mando una lamentela. Gli mando una lamentela in sede centrale e vedrai che...»

«No» lo interrompo. «Sono spiccioli, ma ne abbiamo bisogno. Quindi niente lamentele. Senza l'associazione, perdiamo l'unica entrata esterna.»

Jack continua il suo soggiorno svegliandosi tardi la mattina, mangiando in quantità tutto ciò su cui mette le mani e giocando quasi solo con i più piccoli, i quali, inevitabilmente, si affezionano a lui.

Ecco la ricetta per salvare il mondo: una terra esotica, una manciata di ragazzi e ragazze bianchi, una spolverata di bambini dalla pelle scura: mescolando bene, si ottiene la soluzione ai problemi dell'umanità. O almeno, questo è ciò che i media e le grandi associazioni internazionali vogliono far credere ai propri clienti.

"Volonturismo" è la parola del decennio, una vera e

propria gallina dalle uova d'oro, un concetto innovativo che unisce il volontariato e il turismo, permettendo a oltre duecentomila giovani nella sola Inghilterra di partecipare, ogni anno, a un affare mondiale che si stima superi i centottanta miliardi di dollari. Un fenomeno che si riflette nelle foto di Jack insieme ai ragazzi.

"Questi bambini non hanno mai sorriso in vita loro" sembra dire in posa, "poi sono arrivato io, il fantastico uomo bianco, e ora sorridono!"

Il volonturismo, girare per il mondo saltando di orfanotrofio in orfanotrofio, un bambino dopo l'altro, è un viaggio edonistico alla ricerca di sé, senza curarsi di chi ci si lascia alle spalle. Così il singolo mese di volontariato di Jack mi riempie d'inquietudine: non tanto per il suo operato, quanto piuttosto per quello che la sua permanenza mi costringe a riconoscere riguardo alla mia prima missione.

Una sera, dopo cena, attendo che Jack si ritiri per la notte per parlare con Joshua in pace. Il vento s'intrufola tra gli alberi, facendoli vociare in una lingua sconosciuta.

«*Sir*» lo chiamo anch'io come lo chiamano i ragazzi e come ho sempre fatto, «non posso impedirmi di pensare a come sono arrivato qui, un anno e mezzo fa.» Bevo un sorso del mio tè. «Ero pieno di buone intenzioni: aiutare, scoprire, mettermi alla prova, fare solidarietà... ma solo ora mi accorgo di quanto sia paternalistica l'idea di affidare un progetto di sviluppo a un ventenne privo di competenze professionali.»

Joshua annuisce lento, lasciando che il flusso dei miei pensieri prenda forma e si esprima liberamente.

«Ma quello che è ancora più grave è che questi progetti di volontariato incoraggiano la creazione di legami emotivi tra i volontari e i bambini abbandonati... e, quando i primi scompaiono dopo poche settimane, i bambini sono di nuovo vittime della separazione, e questo aggrava il loro senso di abbandono.»

«Continua.» Joshua mi spinge sempre a superare i miei limiti.

«Poi» dico, «vedo un collegamento tra questo tipo di carità e il colonialismo occidentale.» Mi fermo a prendere fiato. «Sembra, diciamo, un nuovo modo dell'Occidente di affermare la sua superiorità.»

«Questo è un tantino esagerato.»

«Pensaci: i volontari arrivano credendo di salvare il mondo, ma spesso finiscono per fare danni. Ricordati quando mi ammalai mangiando quel mango acerbo.»

Joshua ride. Per me, invece, non è poi tanto divertente.

All'inizio della mia prima missione, cercavo la cosiddetta *vera* India e volevo un'esperienza intensa, in grado di cambiarmi la vita. Tutto, ogni oggetto e persona, prometteva di trasformarsi in uno specchio che mi avrebbe permesso di vedere un nuovo me stesso. Pure un mango acerbo pareva un'occasione di scoperta di sé.

Nonostante l'ammonimento di Joshua, decisi di mangiare quel mango appena raccolto. Dopotutto, io non ero un semplice volontario, io ero roba seria.

E così il mio nuovo me stesso finì con l'approfondire solo la conoscenza del water e della febbre a quaranta per tre giorni consecutivi. Vedendomi moribondo, Joshua mi chiese se mi servisse un medico. Dissi che mi serviva un prete. E così, nei deliri della malattia, prima che i rimedi naturali mi rimettessero in sesto, considerai la possibilità di mollare tutto e tornarmene a casa. Sono lieto di non averlo fatto.

«Capita spesso» riconosce Joshua. «Per questo seguo Jack con tanta attenzione, non voglio che si faccia male. Molti volontari non sanno cos'è pericoloso e cosa non lo è, e non vorrei mai che finisse al gabinetto per una settimana.» Ride.

Ho letto una ricerca che definiva il fenomeno del volonturismo "un fardello" per le istituzioni locali, ridotte a un mero strumento attraverso cui i volontari compiono quello che ormai è diventato un vero e proprio rito di passaggio all'età adulta. Il volonturismo, in definitiva, riguarda il desiderio occidentale di cercare un significato, trasformando la povertà in un feticismo, uno spettacolo con cui interagire.

Ero in missione da tre mesi quando Joshua mi chiese di andarmene.

«Devi andare» disse semplicemente. Era una notte d'agosto durante la mia prima missione a Dayavu Home, e io stavo rimandando la mia partenza da quasi due mesi. L'aria odorava di fuoco. I cacciatori dovevano aver appiccato un incendio in cima alla collina.

Mi si chiuse la gola e mi si gelò il sangue. Cercai di

spiegarmi, ma riuscii solo a balbettare. In fondo conoscevo la verità. I bambini mi si stavano affezionando, si confidavano con me e facevano affidamento sulla mia presenza come se fossi la famiglia che avevano perduto. Era un'illusione. Sapevo bene che non sarebbe stato per sempre. Sapevo di dovermene andare prima o poi. Io avevo vent'anni, loro ne avevano a malapena dieci. Io avevo una famiglia cui fare ritorno, loro non avevano nessuno.

La verità è un caffè scadente servito in una bella tazza, e a volte l'illusione della stabilità può rivelarsi tanto traumatica quanto il suo abbandono.

«Che importa ora?» dice Joshua col suo animo pragmatico, quando gli ricordo quell'episodio. «Ora sei qui per restare.»

Lo sono. Questi ragazzi non avevano bisogno di una rapida dose di affetto, ma di una soluzione a lungo termine, con degli obiettivi. La dura verità che i media nascondono è che una donazione da parte di Jack aiuterebbe molto di più i nostri bambini della sua presenza qui. Grazie a quei fondi, potremmo comprare scorte di medicine, cibo più sostanzioso e, soprattutto, iscrivere i nostri ragazzi a scuole migliori.

«I bambini che vivono in istituti» dice Joshua «hanno perso le loro famiglie, e questa è una perdita che li accompagnerà per tutta la vita. Se visiti altri orfanotrofi qui intorno, vedrai i bambini correrti in braccio. Pensi che questo sia un comportamento normale, accogliere uno sconosciuto a braccia aperte?»

Capisco bene di cosa parla, ne sono stato spettatore in un'altra fondazione, e so che questo è il motivo principale per cui Joshua insegna ai nostri ragazzi la dignità e il rispetto di sé prima di ogni altra cosa.

«Esatto» concordo. «I bambini che vivono negli orfanotrofi sono i più vulnerabili. I legami creati tra loro e i volontari non dovrebbero durare giorni o mesi, ma una vita.»

Mi rigiro in testa quelle parole mentre osservo le luci della strada brillare all'orizzonte, oltre la distesa dei campi che le separano da Dayavu Home.

«C'è chi dice che basta girare da un Paese all'altro con la mente aperta e la bontà di cuore per aiutare almeno un bambino» aggiungo, quasi mormorando. «Ma il punto è che quel bambino poi penserà a te ogni mattina svegliandosi e sentirà la tua mancanza ogni sera prima di andare a letto.»

Questo, ne sono certo, era successo ad Antony quando me ne sono andato la prima volta. Ma ora mi è chiaro: non voglio che nemmeno un bambino dei nostri si svegli ogni giorno pensando con nostalgia a un volontario.

«Dobbiamo cambiare le cose» riprendo. «Dobbiamo insegnare ai volontari che avere soldi non equivale a potersi permettere qualsiasi cosa, che è ora di dare la priorità alle necessità dei bambini invece che al nostro bisogno di sentirci necessari. La nostra presenza qui non è un dono divino.»

«Che ci vuoi fare?» mi provoca lui. «È un business

da miliardi di dollari, per questo i media non ne parlano mai.»

Batto le mani con forza. «Presto sarò un giornalista, e dunque *sarò io* i media. È mio compito parlarne.» Dopo questa, mi dirigo al nuovo dormitorio. Ma a metà strada mi fermo. «Ora so perché mi chiedesti di andarmene» dico, voltandomi, le parole che escono a fatica. «Ora lo capisco, e ti ringrazio di averlo fatto.»

Joshua annuisce e non aggiunge altro.

La mattina seguente, di buon'ora, vado in camera di Jack, che un tempo è stata mia. Salendo le scale mi chiedo se la mia sia per caso gelosia, ma concludo in fretta che non lo è affatto. È senso di protezione.

«Sai, Jack» mi siedo sul letto davanti al suo, «forse dovrei tenere la bocca chiusa, ma c'è qualcosa che devo dirti.»

«Spara.»

«Qualche giorno fa parlavi di come questa gente sia più semplice, più genuina, perché "a *loro* non interessa avere" questo o quello.» Inspirando chiudo gli occhi. Il mio tono ha un che di belligerante, lo so, e cerco di darmi una calmata. Riapro gli occhi. «Vedi, questo pensiero non è solo semplicistico, è immorale.» Aspetto che il suo volto reagisca al colpo delle mie parole, ma la sua espressione rimane immutata. Così riprendo a parlare. «Pensare che a una donna di Chinnalapatti non importi del suo aspetto fisico, che non le interessi apparire bella e giovane nel corpo, che non le piacerebbe avere una bella borsa o delle belle scarpe è un'ingiustizia non meno efferata del razzismo più bieco.» Schiaffeggio l'aria con la mano. «Lo so, lo so, tu lo dici in buona fede, come un complimento e non come un'offesa, ma non importa: le nostre parole hanno sempre un peso.»

Di nuovo, Jack non reagisce.

«Pensare che queste persone non vogliano o non abbiano bisogno delle nostre comodità e di ciò che ci dà piacere perché "*loro* sono in contatto con la natura", o perché "*loro* sono persone semplici" crea un immediato distacco, una profonda separazione intellettuale.» Sento il mio tono farsi accorato, ma non tento di trattenermi. «Di colpo, le nostre buone intenzioni li rendono esseri umani di serie B: meno sofisticati, meno avanzati, più ingenui. Animaleschi, perfino. Si tratta di un fenomeno inconscio, ma non per questo meno reale.»

Nessuna risposta. Jack mi guarda come in attesa che io arrivi al punto, ma questo è il punto.

«Ok, Jack» mi spazientisco. «E se ti dicessi che gli orfani con cui giochi non sono giocattolini scintillanti? I media li ritraggono sempre perennemente sorridenti o con gli occhi grandi e tristi, afflitti da indicibili traumi – o bianco o nero – e sai perché? Perché vende, perché è facile da digerire, e il pubblico ama bersi questa menzogna. Ma la verità è che questi orfani presto diventeranno adolescenti, adolescenti difficili, e più che mai avranno bisogno di supporto.» Comincio a camminare in lungo e in largo per la stanza. «Proveranno amore, rabbia e odio perfino, proprio come chiunque altro. Smetteranno di essere dolci bambolotti, e la gente smetterà di donare. Idealizzare qualcuno può sembrare un atto generoso, ma è il più grave disservizio che possiamo fargli. Questi bambini non sono angeli dalla pelle scura, Jack. Sono esseri umani.» Mi fermo davanti alla finestra socchiusa e uno sbuffo di vento mi accarezza il viso. Sa di fieno. «Per il volonturista tutto ha a che fare con lui, anche regalare un sorriso comporta una scarica d'immediata gratificazione personale. Non fraintendermi, non è un imbroglio, anzi, chi lo fa è animato dalle migliori intenzioni. Semplicemente non se ne rende conto. Non capisce che con ogni sorriso quei bambini donano qualcosa di proprio, qualcosa che lui porterà via con sé, senza guardarsi indietro.» Torno a sedermi. «Un abbraccio, per loro, non ha lo stesso valore che ha per noi» dico gesticolando. «Nonostante le privazioni li abbiano resi affamati d'affetto, ne sono al contempo intimoriti. Immagina una persona che si trova sott'acqua da molto tempo, trattenendo il respiro. Riemergere e prendere fiato è il suo unico desiderio, ma il dolore lancinante che invaderà i polmoni rimasti vuoti a lungo lo terrorizza. Ecco: una vita priva d'amore è una vita in apnea.»

Jack mi guarda come se fossi impazzito.

«Forse quello che mi fa più rabbia è riconoscere che anch'io sono stato un volonturista» continuo, «e che sono un ipocrita, per di più, perché se oggi so quanto il volonturismo sia nocivo per i ragazzi è solo perché ci sono passato.»

Da quando mi sono trasferito, ho iniziato a vedere qualcosa che non avevo notato prima. L'India rurale, nonostante lo splendore dei suoi panorami, la frugalità della vita contadina e il sorriso facile sui volti dei bambini, è molto lontana dal paradiso di semplicità delle fantasie occidentali.

«I bambini poveri, Jack, sono piccoli e dolci e monodimensionali solo per chi li guarda da lontano. Ma da vicino sono persone vere.»

Jack mi fissa con aria interrogativa, poi spalanca le braccia. «Allora, amico, che c'è?» dice. «Mi fissi e non stai dicendo nulla... tutto ok?»

Sbatto le palpebre. Mi strofino gli occhi. Torno in me. «Oh, niente» rispondo, riscuotendomi. «È pronta la colazione.»

«Finalmente, morivo di fame» risponde e poi esce.

Allo stesso modo, finito il suo progetto, Jack è uscito dalla nostra vita, insieme all'associazione. Il quartier generale ha scoperto il mangia mangia dell'ufficio locale e, senza pensarci due volte, ne ha chiuso i battenti, lasciando gli impiegati a casa e noi senza un soldo.

Mi piacerebbe poter dire che, proprio come Jack si è dimenticato di noi, noi ci siamo dimenticati di lui. Eppure i ragazzi mi chiedono ancora se l'ho sentito, cosa fa e se pensa di tornare. E la risposta è sempre no.

Febbraio 2015

Qualche tempo dopo la partenza di Jack, un fuoristrada governativo – una macchina vecchia e dalla carrozzeria piena di ammaccature – varca i cancelli di Dayavu Home. L'ufficiale che aprendo la portiera ne esce è una donna, e le donne in posizioni di potere nel Tamil Nadu rurale sono sempre delle dure.

«Dov'è il direttore?» chiede allungando il braccio verso il suo assistente, un ometto al contempo gracile e paffuto, che le porge un taccuino.

«Eccomi» risponde Joshua, «sono io.»

«Sono qui per controllare che l'istituto segua le norme statali.»

«È la benvenuta.»

I ragazzi si raccolgono nell'aia, dove pure la brezza pare essersi fermata ad ascoltare. Nulla si muove.

La donna annota qualcosa sul suo taccuino.

«Voglio vedere il registro degli orfani e i tabulati delle entrate e delle uscite.»

«Prego.» Joshua le fa strada verso il nuovo dormitorio.

Lei mi sfila accanto senza degnarmi di uno sguardo. Sono bianco, e in quanto tale i più mi vedono solo come un portafoglio con le gambe. Non importa che entrambi i miei genitori abbiano perso il lavoro due anni fa: il colore della mia pelle è il solo attributo che riescono a vedere.

Si siedono alla scrivania di Joshua, un tavolo e due sedie di plastica in un angolo della stanza.

«Su questo registro ci sono diciannove ragazzi» constata scorrendo con il dito sui quaderni aperti davanti a lei. Poi, senza voltarsi, indica i ragazzi alle sue spalle e continua: «Ma qui ne conto venti. Perché?».

Joshua fa un cenno a Dhakshina, che si avvicina alla scrivania.

«Dhakshina Murthy ha vent'anni, e studia Comunicazione in inglese in un'università locale.»

«I ragazzi sono autorizzati a vivere in un istituto solo fino a diciott'anni.»

«Lo so» risponde Joshua, «per questo l'ho reso parte dello staff, così che potesse restare qui e studiare.»

L'ufficiale resta in silenzio per qualche momento. «Tu vuoi stare qui?» si rivolge a Dhakshina.

«Sì, *ma'am*» risponde lui.

La donna torna a guardare Joshua, e io posso vedere l'irritazione nei suoi occhi. «Questo non è conforme alle norme governative.»

«Ma non le vìola» ribatte lui.

La donna scrive qualcosa sul suo taccuino.

Sbircio ma, nonostante le lezioni private, non so leggere il tamil.

«Siete felici qui?» chiede, voltandosi verso i ragazzi.

«Sì, *ma'am*» rispondono loro in coro.

«Non tutti insieme» dice lei. «Tu. Venite picchiati?»

Yugin scuote il capo. «No, *ma'am*.»

Joshua non crede nelle punizioni corporali, il che è inconsueto nell'India rurale, e viene spesso giudicato negativamente.

«Vorresti essere trasferito in un altro istituto?»

«No, *ma'am*» fa Yugin.

Vorrei prenderla a testate.

La donna scribacchia un altro po' sul taccuino, poi si alza. «Questo posto è pieno d'irregolarità.»

«Quali, per esempio?» domanda Joshua, alzandosi a sua volta.

«Il muro.»

«Il muro?» chiedo io.

Joshua mi scocca un'occhiata.

«Quale muro?» fa eco.

Le pupille della donna scintillano. «Come, non lo sapete? Il nuovo regolamento richiede che tutti gli istituti ospitanti minori siano protetti da un muro perimetrale.» Allungando il braccio verso l'assistente, aggiunge: «Sundram, il fascicolo».

Quello le passa il plico di fogli che ha in mano.

«Ecco» dice l'ufficiale, porgendo il fascicolo a Joshua, «qui trova tutto. Dev'essere costruito prima della fine dell'anno.»

Poi, senza salutare, torna al fuoristrada insieme al suo assistente, mette in moto e se ne va in una nuvola di polvere.

Joshua rimane immobile, accanto alla scrivania, gli occhi che guizzano da un margine all'altro dei fogli, leggendo il fascicolo in silenzio.

Noi, radunati a poca distanza, attendiamo senza dire una parola.

Quando ha finito, Joshua, nero in volto, si fa largo tra noi ed esce dal dormitorio.

Lo tallono. «Quant'è grave?» chiedo.
«Piuttosto grave.»
«Cosa facciamo?»
«Dobbiamo trovare un modo.»
«Altrimenti?»
«Ci fanno chiudere» risponde, e si allontana a passo spedito verso la collina.

4

Brilla al primo piano: s'è spento

> Le difficoltà spesso preparano una persona ordinaria
> a un destino straordinario.
> Le Cronache di Narnia. Il viaggio del veliero

Febbraio 2015

Mi mobilito senza indugio. So di poter contare su un nutrito gruppo di persone nella mia cittadina d'origine desiderose di aiutare. Grazie al supporto di un amico del liceo, Giovanni, alla cooperazione di Amnesty International e del Comune, coordino un evento di beneficenza che coinvolge la stessa gente che ha partecipato alla raccolta fondi natalizia. Chiedo in prestito l'attrezzatura ai miei compagni di università e giro un cortometraggio di tre minuti che racconta uno scorcio della vita a Dayavu Home.

Giovanni organizza una mostra fotografica alla Camera di Commercio e raduna un buon numero di artisti locali, ballerini e cantanti che si esibiscono con l'obiettivo di raccogliere i fondi necessari alla costruzione del muro. La risposta del pubblico è intensa: quasi duemila persone si presentano per donare.

Ricevo numerosi messaggi d'incoraggiamento. Nonostante io abbia lasciato la mia terra natale da parecchi mesi, i miei concittadini uniscono le forze per supportare me e la mia causa: sono la mia rete di salvataggio.

Qui, da lontano, è dolce sapere che, anche se fossi caduto, lì avrei avuto al mio fianco persone pronte a tendermi la mano. Si tratta di una consapevolezza simile a quella di Siva, uno dei bimbi nuovi, quando gli insegno ad andare in bicicletta: trova il coraggio di pedalare abbastanza veloce da tenere l'equilibrio proprio perché sa che, se anche fallisse, io lo afferrerei prima della caduta.

Attendendo l'arrivo della donazione, sia io sia Joshua preghiamo che l'importo basti a toglierci d'impiccio.

Per ingannare l'attesa, lui si dedica con passione a quella che sta diventando, giorno dopo giorno, la sua sfida principale: la carenza d'acqua. Costruisce da solo e installa con il nostro aiuto un nuovo impianto d'irrigazione per i cespugli di gelsomini, i cui fiori raccogliamo e vendiamo ogni mattina. Crea un sistema di tubi di plastica anziché semplici canali di scolo, così da irrigare il campo senza che il terreno arido circostante assorba acqua preziosa.

Io mi butto nell'istruzione dei ragazzi. Forte della mia esperienza da insegnante a Chennai, implemento la vasta gamma di strategie e trucchetti imparati in classe, e i miglioramenti sono notevoli. Il loro inglese orale diviene più fluido di lezione in lezione.

«Questa poesia parla della vita e del nostro ruolo in essa» spiego una sera. «Racconta di un giovane e di un salmista: il ragazzo è impetuoso, grida e rifiuta l'opinione del vecchio, non si rassegna che la vita sia solo un sogno vuoto.»

Uno dei problemi del sistema educativo nel Tamil Nadu rurale è che a bambini di dieci anni sono assegnate splendide poesie come questa – *Un salmo di vita* di Longfellow – da imparare a memoria, senza però nessuna spiegazione sul significato. Gli studenti ripetono i versi a pappagallo e l'insegnante dà il voto in base alla pronuncia o all'intonazione o ancora, temo, alla simpatia dell'alunno. Spesso e volentieri il docente stesso non conosce il senso pieno delle parole.

«Le cose non sono come appaiono» cerco di parafrasare. «La vita è reale, e il suo fine ultimo non è la gioia né il dolore, dice il giovane, ma l'azione, affinché ogni domani ci conduca un po' più lontani di dove siamo oggi.»

I ragazzi, un gruppetto raccolto intorno a me, ascoltano con attenzione. Santhosh, sebbene sia troppo piccolo per afferrare davvero il succo della poesia, attende che io finisca e legga una storia più adatta a lui.

«I nostri cuori sono coraggiosi, ma il tempo fugge.» Mimo gli oggetti di cui parlo e lascio che il significato delle parole affiori sul mio volto. «Il tuo cuore batte come il tamburo di una marcia funebre che conduce alla tomba, e dunque agisci nel presente, non lasciarti controllare come parte di una mandria, sii un eroe.» Alzo lo sguardo e sorrido, pronto a dare spiegazioni, ma con la coda dell'occhio vedo agitazione in un angolo della stanza.

Vignesh, come al solito, sta stuzzicando Muthu, chiamandolo con appellativi femminili per via del suo aspetto aggraziato. Di solito in questi casi intervengo subito, ma adesso non sono abbastanza rapido. Muthu lancia a Vignesh un'occhiata penetrante e lo colpisce, un pugno fulmineo, preciso, sul lato del capo. L'impatto produce un suono minimo, uno schiocco di dita, tanto che non l'avrei mai avvertito in mezzo al baccano dell'ora dei compiti se non mi fossi trovato proprio davanti a loro.

«No!» faccio in tempo a dire prima di tuffarmi a dividerli. Poso la mano sulla spalla di Muthu e lo sento irrigidirsi al contatto.

«*Anna*» dice lui, tornando in sé e afferrandomi il braccio, «mi sta prendendo il giro.»

Vignesh è caduto a terra e guarda l'altro senza fiatare, gli occhi spalancati.

Intuisco che non è la prima volta che accade, ma che stavolta il pugno si è rivelato più forte del solito.

Nei due giorni successivi, facendoci caso, realizzo che l'affetto che Muthu nutre nei miei confronti è direttamente proporzionale all'aggressività che riserva a chi si prende gioco di lui. Per ogni sorriso che mi rivolge, un pugno attende uno degli altri bambini, spesso più piccolo di lui. Sorpreso ad attaccare gli altri, Muthu si scusa e sfodera un sorriso luminoso. Sempre. Ma se cerco di aiutarlo a superare queste reazioni violente, lui si chiude nel silenzio, una barriera che non permette a nessuno di oltrepassare.

In questo periodo noto che anche Antony si sta progressivamente chiudendo in se stesso. A volte rifiuta di parlare inglese o di parlare in generale. Qualunque sia il problema, non riesco a individuarlo, e il senso d'impotenza mi fa soffrire.

Un pomeriggio, mentre studio sui gradini del nuovo dormitorio, mi si siede accanto senza dire una parola.

«Com'è andata a scuola oggi?» chiedo, posando la biro, lieto del contatto spontaneo.

«Bene» risponde, senza guardarmi.

«L'insegnante ti ha interrogato?» Lo sto aiutando a preparare un test imminente.

«No.»

«Hai compiti per domani?»

«No.»

Il mio entusiasmo svanisce in fretta davanti alle sue risposte monosillabiche. «Ti va di fare una partita a scacchi più tardi?»

«Ok» risponde, e se ne va.

Ok, mi dico. Allora è così che ci si deve sentire con un figlio adolescente.

Ma mi sbaglio. Questi ragazzi non sono ragazzi qualunque: sono considerati merce avariata.

Molti mi direbbero che Antony è guasto. Sua madre lo ha abbandonato all'età di otto anni, lasciandolo con un padre che soffriva di disturbi mentali, pur sapendo che non poteva prendersi cura di lui. Il nonno, alcolizzato, lo ha preso con sé quando ormai Antony stava perdendo l'uso del linguaggio, ma nonostante questo il bambino si è ripreso... anche se solo per affrontare una vita fatta di bottiglie di alcol da due soldi abbandonate in ogni angolo della capanna in cui viveva. Quando Antony è arrivato a Dayavu Home, era stato maltrattato da ogni persona della sua vita, soprattutto dagli uomini. Joshua, con un istituto e venti ragazzi di cui occuparsi, non aveva sempre il tempo di dedicarsi a ognuno di loro individualmente. Così io sono stato il primo a mostrare ad Antony gentilezza e affetto, e lui ha attinto a me come un viandante a un'oasi nel deserto: nessuno si era mai degnato di giocare con lui.

E Antony è solo uno dei nostri ospiti, tutti sopravvissuti a storie simili. I miei bambini sono abbandonati da una società in cui la gente crede che i poveri meritino la propria sfortuna per via di misfatti compiuti nella vita precedente. In due parole: a nessuno frega niente di loro. A me invece frega, e così a Joshua. Amo questi venti bambini, perché li conosco uno a uno. Conosco i loro sogni per il futuro, le loro paure, conosco il loro cibo preferito e il pennarello che prediligono per colorare, conosco le loro lotte passate e presenti. Li conosco come persone, e non come oggetti di pietà.

La madre di Karthick si presenta ai cancelli di Dayavu Home nel fine settimana. Il viso giovane ma pieno di rughe, è una donna la cui bellezza sfiorita prematuramente indugia come un'ombra nei suoi occhi, un'elegia cantata dall'asprezza della sua vita.

Karthick sta aiutando Sushila a preparare il pranzo, e le corre incontro quando la vede arrivare. Una volta davanti a lei, però, si ferma senza toccarla, entrambi visibilmente imbarazzati.

Joshua la accoglie con una tazza di tè, facendola accomodare sotto la coppia di alberi dell'aia, e io siedo vicino a loro. Il mio tamil sta migliorando, ma la donna parla un dialetto stretto, e gran parte delle parole inevitabilmente mi sfugge.

Con l'avvicinarsi di marzo, che coincide con la fine dell'anno scolastico in Tamil Nadu, ci troviamo spesso a discutere del futuro dei più grandi. Da quando Dhakshina, primo dei nostri ragazzi, si è iscritto all'università, stiamo cercando di offrire la stessa opportunità anche agli altri, e sebbene Karthick abbia ancora un anno di scuola davanti, non c'è dubbio che la sua passione sia la cucina.

Sua madre scoppia in lacrime dopo dieci minuti di conversazione. Cade il silenzio, nell'aria si sentono solo i suoi singhiozzi e il vociare degli insetti.

«Non vuole che studi cucina» dice Joshua, ponendo fine a un momento di dolorosa immobilità.

Vedo riflesso sul viso di Karthick il conflitto che, ne sono certo, ha dentro. Davanti a lui, eccola lì: una donna che ha visto poco nei sette anni precedenti, che compare un giorno per interferire con le sue passioni, solo perché qui cucinare è considerato un mestiere da femmine, e dunque ingrato. Nonostante quell'ingiustizia, Karthick vuole rendere sua madre felice, ma la distanza fisica li ha allontanati anche emotivamente, e lui non riesce nemmeno a sfiorarla.

«Se decidi di studiare cucina» dice la donna prima di andarsene, «io smetterò di venire qui.»

Comprendere davvero le sfumature della povertà senza viverci dentro è difficile. Nell'ingenuità della mia prima missione, avevo giudicato questa vita agreste una realtà più semplice, più genuina, e sebbene in parte sia proprio così, ora la vedo per com'è davvero: una caverna oscura e tiepida per chi la visita, ma per chi è costretto a viverci buia come un'eterna mezzanotte, dalle pareti roventi, scaldate dal fiato della bestia che si annida nelle sue profondità: l'ignoranza.

Non tutto però va a catafascio. Seba, che ha vissuto a Dayavu Home più a lungo di chiunque altro, adesso torna a stare con la sua famiglia: uno dei rari casi di bambini che Joshua ha accettato in orfanotrofio pur essendo entrambi i genitori in vita, a causa delle condizioni economiche disagiate. Dopo quasi una decade, Seba, ormai quindicenne, se ne va a casa.

Anche Santhosh torna a vivere con sua madre, che si è presentata un giorno dichiarandosi guarita dall'alcolismo. Con un misto di gioia, incertezza e dispiacere li accompagno al cancello. Gioisco guardando il bambino riunito alla madre e al fratello minore, ma tra me e me dubito delle condizioni della donna e, forse egoisticamente, penso che vedere andarsene uno dei bambini con cui avevo più legato m'intristisce.

Quando arriva il bonifico della donazione, di prima mattina cerco Joshua per comunicargli la buona nuova, ma Sushila mi dice che è dovuto andare d'urgenza al villaggio.

Poche ore dopo, la Sumo varca i cancelli portando con sé Santhosh e il suo fratellino, Gowtham, una pulce dalla voce acuta e dal sorriso sempre pronto. Li hanno trovati in compagnia della madre e del suo amante, entrambi privi di sensi, in una camera d'albergo. Gli adulti erano ubriachi fradici e strafatti, mentre i bambini guardavano la televisione accanto a loro.

Sebbene Santhosh sia felice di poter finalmente vivere con suo fratello, che è adesso il più piccolo del nostro orfanotrofio, scorgo nei suoi grandi occhi l'ombra di una pena dalle radici profonde. Perdere la propria famiglia arreca un grave danno a un bambino, ma essere riunito a essa solo per poi soffrire un altro abbandono può davvero segnarlo per la vita.

La sera, per tirargli su il morale, gli leggo una storia dal libro che gli piace. Devo un po' parafrasare perché, nonostante il libro sia per bambini, l'inglese è troppo complesso perché un settenne possa godersi la trama e insieme guardare le figure. «Non temere l'accadere delle cose, perché quando le cose accadono, accadi anche tu» dico, fermandomi a elaborare. «La Sala d'Attesa, quel posto dove le persone attendono una risposta, una telefonata, una nuova possibilità, non è un luogo che ti si addice, perché tu sei diverso. A volte perderai, specialmente sfidando te stesso, e ti ritroverai solo e impaurito, ma alla fine fronteggerai le avversità come nessun altro, e ce la farai... ma che dico?» Alzo le braccia al soffitto. «Santhosh, tu sposterai le montagne. Questa è la tua vita, e tu solo ne sei il padrone.» Sorrido chiudendo il libro, e lo faccio perché so che lui ha bisogno di qualcuno che lo rassicuri sul futuro, e lo so perché io stesso a mia volta ne ho bisogno. Tuttavia, nonostante creda in ciò che ho letto, nel potenziale innato di ognuno dei bambini, le mie parole suonano vuote, ridondanti.

Il totale dei fondi raccolti sfiora i duemila euro. Lo comunico a Joshua dopo cena, la tazza di tè a scaldarci le dita, la notte a soffiarci tiepida tra i capelli.

«Ti ringrazio molto del supporto.» Mi stringe la mano. Lo zenzero del tè si mischia al profumo dei campi. Poi, pensoso, aggiunge: «Troveremo un modo».

Non è la risposta che mi aspettavo: dovremmo gioire, l'abbiamo scampata. Ma poi capisco: i soldi non sono abbastanza.

«Non possiamo fare un'altra festa?» chiedo. «Se non di Natale, che ne so, di Pasqua?»

«La maggior parte di questa gente fatica a mangiare a causa dell'aridità» risponde, accarezzando il suolo con il piede scalzo. «Non doneranno di nuovo.»

Faccio per replicare, ma sono a corto d'idee e di colpi. Lo sforzo collettivo della mia cittadina natale ha funzionato per la costruzione del dormitorio, ma si è rivelato insufficiente per la realizzazione del muro. Il nostro è un piccolo istituto, ma se si tiene conto dei campi l'area totale è considerevole.

Ritirandomi per la notte, scoraggiato, mi metto a sfogliare i miei vecchi taccuini, finché m'imbatto in una lettera scritta e mai inviata. È indirizzata a una ragazza dei banchi di scuola, che non ho più visto né sentito dalla notte della partenza, quando, pieno di imbarazzo e speranza, le ho detto addio. Trovare il coraggio sull'orlo del baratro: un mio classico.

> A volte t'immagino raggiungermi.
> Prenota il biglietto bene in anticipo, al viaggio penso io, penso ai treni, ai cibi che assaggerai, ai tetti sotto i quali dormiremo.
> Non voglio che tu abbia paura, non voglio vederti persa o insicura.
> T'immagino svegliarti in una carrozza gonfiata dal vento, con i vestiti gonfiati dal vento e i capelli a pesare sul mondo, mentre ti reggi alle pareti scrostate, traballanti, per raggiungere il bagno e lavarti i denti: cose così, insignificanti, se attraversiamo l'India intera, attraverso i millenni di magia dimenticata, insieme.
> Ti penso per poco, perché non sei qui per trasferirti. Non vieni per restare. No, perché finiremmo a litigare, a odiarci se siamo fortunati, o a voltarci le spalle altrimenti.
> Ti penso perché viaggio solo e non so quando verrà il momento di dire: " È il momento: viaggiamo insieme".

Ti scrivo perché tu capisca che io non capisco perché, a volte, vorrei essere solo, con te.

Lei era la mia chiave di volta. Ho trascorso l'adolescenza con il suo nome sulle labbra, ogni mia decisione dettata da quella che pensavo sarebbe stata la sua reazione. Mi unii alla Croce Rossa perché suo padre era medico. Scelsi i miei amici per esserle più vicino. Partii per l'India, perfino, per provarle di essere degno della sua attenzione. Era amore? Era ossessione? O era forse autodistruzione?

Come spesso si sente dire, il problema non era lei. Ero io. Ero irrequieto e conducevo una vita priva di sostanza, confinato da una società programmata per legittimare ruotine e omologazione, perché la forza lavoro non si ribelli e bruci il mattatoio. E così sabotavo l'unica cosa che avessi mai desiderato: noi. Perché, sebbene la nostra relazione fosse stata travagliata, la sua felicità era la mia felicità, e il suo dolore la mia condanna.

Sognavo un futuro insieme, perché non esisteva alternativa. La società ci aveva derubati del coraggio d'inseguire i *nostri* sogni, e quindi aspiravo a quelli altrui: quelli delle pubblicità o, peggio, quelli dei nostri predecessori. Sposarsi, fare figli, portare a casa la pagnotta. Ero destinato a seguire le orme di migliaia prima di me e accettare una morbida infelicità.

"Questa società è profondamente sbagliata" mi dissi. "Abbiamo tutti rinunciato ai nostri sogni, e ci va bene così. Ci va bene questa vita preconfezionata. Ci va bene non esistere. Ci va bene arrenderci, e accontentarci." Mi guardai finalmente intorno, e vidi che nella mia piccola città non cambiava mai nulla. "Io merito di meglio" pensai.

Lei era tutto il mio mondo, ma per quanto romantico possa sembrare, nel nostro caso significava che tutto il resto non contava: per me non esisteva nient'altro, né i sogni né le ambizioni. Solo i suoi occhi e il suo profumo e i suoi complessi. Le nostre insicurezze si rafforzavano a vicenda, e più stavamo insieme più ci sembrava che il mondo spaventoso e incomprensibile intorno a noi non ci riguardasse. Non era amore, era dipendenza. L'amore ti rende libero, mentre la nostra relazione mi cuciva addosso la pelle che è naturale cambiare crescendo. Il nostro rapporto non solo mi faceva dimenticare che non sapevo chi ero o chi volevo diventare, ma m'impediva di chiedermelo. Sì, è facile affogare nelle domande, ma andare alla deriva in un mare di torpore è ancora più semplice, e questo è quello che mi stava accadendo.

Non era colpa sua. Nessuno esercita un potere simile su chi non glielo permette. Semplicemente, mi sentivo più a mio agio rinchiuso nella piccola stanza che avevo creato per noi, a respirare l'odore di muffa e polvere, che ad ascoltare gli ossessivi sussurri del potenziale sprecato.

Una volta trovato il coraggio di uscire da quella stanza, ho preso una boccata d'aria fresca. E quello che ho scoperto fuori non mi ha sopraffatto. Ascoltare i sussurri significa porsi domande, e porsi domande è già muovere un passo in una nuova direzione. Così, prima di accorgertene, ti stai già muovendo. Ti muovi, respiri, cambi pelle. Magari non sai ancora chi sei e chi vuoi diventare, ma sei fuori dalla stanza, e la vista è uno splendore.

Ringrazio quella ragazza per avermi spezzato il cuore. La ringrazio per avermi spinto a rinunciare a una vita di certezze e trasferirmi qui, a Dayavu Home.

I miei bambini segnarono il primo giorno di primavera dopo il lungo inverno della mia adolescenza. L'inverno, però, significa sicurezza, e a volte gli esseri umani preferiscono un dolore noto a una vittoria impervia.

"Ho rinunciato al conforto della strada battuta" mi dico stasera, "e per cosa, esattamente, se non riesco nemmeno ad aiutare chi più amo?"

Tra i resti della mia vecchia vita, per la prima volta mi chiedo se abbia fatto la scelta giusta. Se il mio contributo stia aiutando davvero.

Più tardi, di notte, avvicinandomi al cancello d'entrata, mi trovo faccia a faccia con un altro me stesso, che marcia carico di speranze e affamato di delusioni, e non posso impedirmi di sorridere salutandolo.

Lui si ferma sull'uscio. Non risponde al saluto.

Mentre la brezza notturna soffia tra gli sterpi, lo studio calmo, ben sapendo che lui non può entrare.

«E io?» chiede lui, la voce tremula, le labbra appena visibili nell'oscurità.

«E tu?» rispondo.

L'altro me stesso sospira e siede su una roccia, le gambe mollemente divaricate, il volto appoggiato al palmo della mano. Lacrime nere gli sgorgano dagli occhi, colano sugli zigomi, gli rigano le guance, trasformando in pietra tutto ciò che toccano.

La pietra copre presto il suo intero corpo, e solo quando, tre giorni dopo, poso la mia mano su di lui, si muove.

5

Straniero in terra natale

> La felicità può essere trovata anche nei momenti più bui, se solo ci si ricorda di accendere la luce.
>
> J.K. ROWLING

Marzo 2015

Antony scivola sempre più lontano da noi, e né io né Joshua sembriamo capaci di raggiungerlo tendendogli la mano.

«Dovremmo portarlo a incontrare il padre» mi dice Joshua un giorno.

La mattina seguente, il pranzo preparato da Sushila nel mio zaino, partiamo a cavallo del vecchio bolide di Joshua, una motocicletta verde che ha visto più deretani negli anni di onorato servizio di quanti ne possa ricordare.

Il villaggio natale di Antony si trova a tre ore da Chinnalapatti, in una delle aree del Tamil Nadu più afflitte dalla siccità. Filari di palme morenti si stagliano all'orizzonte, e le sterpaglie secche che ricoprono quasi ogni campo paiono sul punto di prendere fuoco. L'aria odora di asfalto arroventato.

Antony rimane in silenzio per l'intera durata del

viaggio, ma so che è in trepidante attesa di rivedere il padre, lo capisco da come osserva il paesaggio familiare, bevendone ogni dettaglio, gli occhi spalancati, sorso dopo sorso.

La casa della sua infanzia non è che una capanna ai margini della foresta, ben lontana dal villaggio più vicino e da ogni altro insediamento umano. Seduto su una sedia accanto alla porta d'entrata, c'è un uomo.

Quando lo vede, Antony s'irrigidisce sulla sella.

Parcheggiata la moto, seguiamo un sentiero accennato tra i cespugli, Joshua in testa, Antony in mezzo e io a chiudere la fila.

Anche quando gli siamo davanti, l'uomo continua a osservare qualcosa d'indefinito in lontananza, lo sguardo vago di chi ha passato la vita a pensare troppo o troppo poco. Poi punta gli occhi su di noi. «*Vanakkam*» ci saluta, senza guardarci in volto. «Ciao.»

«*Vanakkam, sir*» risponde Joshua tendendogli la mano.

Il padre di Antony la osserva, il capo leggermente piegato, prima di stringerla in un gesto molle, poco convinto.

Il silenzio è accentuato dall'intenso cicaleccio della foresta che assedia la capanna.

«Tuo figlio è venuto per salutarti» dice Joshua, facendosi da parte.

L'uomo posa lo sguardo sul ragazzo per la prima volta, e Antony sussulta.

La somiglianza fisica è lampante. Nonostante il padre appaia logorato da una vita di privazioni e duro lavoro, i suoi capelli sono folti, quasi selvaggi, come quelli del figlio, e le orecchie e gli zigomi, accentuati, gli conferiscono un'aria volitiva. Ma la somiglianza finisce con gli occhi. Quelli paterni sono acquosi, slavati, mentre quelli di Antony ricchi della vivacità dei suoi quattordici anni.

«Io non so chi sia» dice il padre.

Un silenzio di piombo cala su di noi. Antony comincia a singhiozzare.

Lui e suo padre hanno vissuto insieme, anni prima, dopo la fuga della madre, e sebbene già allora i problemi mentali dell'uomo avessero imposto una distanza tra loro, ora è evidente che non lo riconosce proprio, non si vede riflesso nel viso del figlio, e questa perdita d'identità trafigge Antony come una lama. Non ho mai visto nessuno piangere tanto.

«Tra poco dovrà dare gli esami del decimo anno» spiega Joshua, tentando di calmare il ragazzo. «Fagli gli auguri, digli di studiare bene.»

L'uomo sorride, lo stesso sorriso che sempre più raramente affiora sul volto del figlio.

«Studia per bene, mi raccomando» dice, e Antony, squassato dai singhiozzi, faticando a respirare, annuisce, la testa china, e stringe i pugni. Poi alza lo sguardo e lancia al padre un'occhiata di supplica. Un dolore enorme vela quegli occhi.

Mi spezza il cuore capire che non posso salvare tutti quelli che amo, e che le persone, miliardi nel mondo, soffrono pene indicibili, in silenzio, ignorate, senza che io possa nulla.

«Non voglio più studiare. Voglio andare a lavorare» dice Antony, una volta a casa. I suoi occhi sono ancora rossi e gonfi di pianto. «Voglio andare.»

Forse aveva sperato che suo padre gli chiedesse di restare, così da sottrarsi alla pena che lo tormenta qui e che non riesce a esprimere. Joshua, d'altro canto, aveva sperato che dandogli la possibilità di rivedere il padre, il ragazzo avrebbe trovato la forza di reagire, o quantomeno di confidarsi con noi.

«Cosa dovrei fare con lui?» mi chiede più tardi.

Sono sorpreso. Non mi ha mai chiesto consiglio prima. Ci penso su. Potrei dargli una risposta elaborata, ma so per esperienza che basta una sola parola.

«Ascoltare» rispondo.

«Ma lui non sta parlando.»

«È proprio per questo che è importante prestare ascolto.»

Di nuovo, sebbene io creda nel consiglio che sto offrendo, le mie parole risuonano prive di peso. Sto perdendo la forza di combattere.

Joshua è forse il mio più grande modello di riferimento. Vederlo scivolare in questo pozzo scuro, dove il suo rapporto con Dhakshina – che ha cresciuto come un figlio – si deteriora con il passare dei giorni, dove la sua incapacità di capire Antony o aiutare Karthick lo immobilizza, mi riempie di dubbi.

Continuo a seguirlo nelle mansioni mattutine, cercando i compratori migliori per poter ricavare anche solo qualche rupia in più dalle nostre scatole di frutta.

Osservandolo interagire con la gente, realizzo che Joshua ha migliaia di amici, eppure al contempo non ne ha nessuno.

Nei mesi, Antony si è chiuso sempre più in se stesso, e il suo sorriso è svanito, così come la sua parlantina. Anche Muthu, spesso al mio fianco, è irraggiungibile, avvolto in un guscio che non riesco a togliergli.

"Cosa ci faccio qui?" mi chiedo questa notte, mettendo in discussione la mia scelta per la prima volta. "Cosa ci faccio qui, se non posso aiutare nemmeno chi amo di più?"

Per la prima volta penso sul serio di mollare.

Mi siedo sui gradini del dormitorio nuovo a scribacchiare, ad assorbire la notte, a gioire della solitudine che mi assicura. Un poeta maledetto sbarcato in India.

Dalla quiete alle mie spalle emerge Dhakshina, sbadigliando, e si accomoda accanto a me.

«Stai ancora scrivendo?»

«Sì» rispondo, chiudendo il taccuino. «Dovrei imparare a farlo la mattina presto, ma temo non riuscirei a mettere insieme due parole sensate prima delle dieci.»

«Allora ti preferisco nottambulo, se scrivi di noi.»

Abbozzo un sorriso.

Dhakshina è un ventenne con la costituzione di un ragazzino e gli occhi di un vecchio.

«Scrivo della mia prima missione, quando ci siamo conosciuti. Tutto era più semplice, allora.»

«Già» dice, ma poi, ripensandoci, aggiunge: «Anzi, no, no che non lo era. Era tutto ugualmente complicato, solo che noi non lo sapevamo ancora».

«Già» sospiro, «forse.»

Rimaniamo in silenzio per un po', un silenzio rilassato, complice, proprio di due amici che non hanno bisogno di riempire il vuoto con parole inutili per paura di affogarvi.

«Ti ricordi la sera del festival, quasi due anni fa, giù al villaggio?» chiedo. «Ero appena arrivato, e pensavo di accompagnarvi, ma in realtà eravate voi ad accompagnare me.»

Dhakshina ridacchia. «È stata una bella serata, piena di musica e gelati.»

«Ci conoscevamo appena.»

«Ma non sembravi uno straniero, neanche allora.»

Parole lenitive. Mi sento tanto in crisi che qualunque rassicurazione mi conforterebbe. Poi però il ricordo di quel giorno assume tinte fosche. «Ti ricordi quel vecchio?»

«Chi?»

«Il vecchio che fumava, che fumava l'erba, ed era parecchio fatto.»

«Oh, sì. Ti avevo detto di fare attenzione con i locali, ma tu eri troppo curioso.»

«Mi seguiva, e voi mi avete istintivamente protetto, anche i piccoli.» Mi gratto il mento, indeciso se proseguire oppure no. «Ti ricordi cosa mi disse?»

«Ti disse: "Sei bianco come Dio". Non aveva mai visto nessuno come te.»

«Sai, allora non lo capivo, ma questa frase, queste quattro semplici parole, ecco, queste parole sono la distanza che c'è tra me e questo Paese. E che ci sarà sempre.»

Quelle parole mi hanno segnato nel profondo. Hanno inciso la superficie del mio essere, un ventenne bianco, e vi hanno piantato un seme. Allora mi ero sentito fortunato, fortunato a essere nato sulla guancia privilegiata del mondo. Due anni dopo, però, quel seme si è fatto germoglio. Oggi so che non si tratta di fortuna, ma d'ingiustizia. Il novanta per cento della popolazione mondiale è schiacciato dal tacco del restante dieci per cento, e metà dell'umanità, le donne, è esclusa da ogni sorta di conversazione, mentre a un bambino su sei è negato totalmente il diritto all'istruzione. *Bianco come Dio*: queste tre parole riassumono il marcio dei nostri tempi e riecheggiano come un costante memento del mondo che dovremmo tentare di costruire, ma non stiamo costruendo.

Dhakshina scuote il capo. «Non sono d'accordo. La distanza esiste solo se tu glielo permetti.» Fa una pausa. «Ci sentiamo tutti un po' distanti, anche se siamo originari dello stesso Paese.»

Taccio. Non so cosa dire.

«Sai perché le cose vanno come vanno tra me e Mr Joshua?» riprende.

Mi volto verso di lui, e lui verso di me.

«Perché ho rubato il cellulare di una mia compagna.»

«Perché?» chiedo, fingendo di non sapere.

Dhakshina gesticola, a disagio.

«Perché... perché mi piace. La amo.»

«Eh?! Gliel'hai detto?»

«Oddio, no» risponde strabuzzando gli occhi. L'amore nell'India rurale è il più grande tabù. Avere un figlio innamorato è considerata da molte famiglie la peggiore disgrazia. «Le ho preso il telefono per attirare la sua attenzione» aggiunge, ora fuggendo il mio sguardo.

So che si tratta di una mezza verità, ma lascio correre. L'amicizia a volte è riconoscere che tutti abbiamo dei segreti, e rispettare che dobbiamo affrontare alcune lotte insieme e alcune da soli.

«A lei piace un altro» dice. «E io sono qui a pensare che vorrei sposarla.»

«Forse lo farai, mai dire mai.»

«Ma non so se voglio sposarla dopo che è stata con quello. È un buono a nulla.»

«Non credi che dovrebbe essere libera di compiere le sue scelte, giuste o sbagliate che siano?» Domanda audace, per il Tamil Nadu.

Dhakshina si ferma a riflettere. «Be', sì» risponde, «credo di sì.» Poi, con decisione rinnovata: «Vorrei che non andasse con questo tizio, ma desidero di più che sia libera di scegliere».

Dhakshina è un miracolo, lo giuro. Sopravvissuto a uno tsunami, abusato e rifiutato dalla madre, spettatore del suicidio del padre, cresciuto in un orfanotrofio in un angolo di mondo dimenticato da Dio e dagli uomini, ha la mente aperta senza che nessuno glielo abbia insegnato: ne sono certo, farà grandi cose, se solo ne avrà la possibilità. È eccezionale.

Orgoglioso del mio amico, gli poso una mano sulla spalla, ed entrambi rimaniamo in silenzio. Poi sposto la mano. «Sai, Dhakshina, eccetto la mia famiglia, non c'è nessuno al mondo di cui io mi fidi davvero. Solo voi.»

Lui annuisce. «E tu sei al mio fianco quando non c'è nessun altro» risponde. «Sei il mio migliore amico, e mi hai cambiato la vita.»

Queste parole mi rendono all'istante uno dei ragazzi più felici al mondo: è solo una brutta giornata, questa, non una brutta vita.

«È ora che vada a letto» dico, alzandomi e incamminandomi. «Altrimenti domani col cavolo che mi sveglio alle sei.»

Dhakshina si mette in piedi a sua volta. Mi chiama. Mi volto.

«Noi siamo la tua famiglia.»

Prima di addormentarmi, scavo ancora un poco tra i ricordi, sorridendo all'uno e sbuffando all'altro, finché ritrovo la lettera che scrissi a mia madre, durante la mia prima missione a Dayavu Home.

Quel me stesso ventenne scriveva:

Non torno, mamma.
Mi hai chiesto se sento nostalgia di casa e io ti dico che qua ho trovato quello che in Italia cercavo con rabbia, o almeno credo.
I bambini sono la fine del mondo. Orfani e semior-

fani, figli di suicidi, figli di criminali, di prostitute, di alcolizzati, di violenti... eppure, prendi le mie foto da bambino: non vedrai mai un sorriso come il loro. Ogni giorno mi stupiscono, ogni giorno bevo dalla loro felicità pensando che non sono degno e che siamo pazzi a pensare di poter vivere così riccamente lasciando così poco per tutti gli altri. E mi chiedo con che coraggio ci lamentiamo della nostra crisi.

Non voglio fare la predica a nessuno, solo dirti che non posso tornare.
Tranquilla per me, non sono mai stato più felice.

Mi addormento più leggero e, a un tempo, più pieno.

A marzo per Antony, Vinoth e Clinton viene il momento di sostenere gli esami della decima classe, un evento di grande importanza nel sistema educativo indiano. Il voto finale determinerà il percorso di studi dei restanti due anni di scuola.
Mi alzo ogni giorno alle quattro del mattino per studiare con loro. Svegliarli è un'impresa fatta di mugugni e proteste, ma io so essere altrettanto testardo, e non demordo finché non sono tutti e tre in piedi, libri alla mano.
Vinoth si rivela il ragazzo brillante che è, veloce nei calcoli e intuitivo nell'apprendimento della lingua straniera, e Antony, nonostante il suo generale rifiuto de-

gli studi, ottiene buoni risultati. Lavorare insieme ogni notte, vedo, lo aiuta a poco a poco ad aprirsi.

I tre ragazzi passano gli esami con merito proprio quando l'uva matura. Abbiamo atteso due lunghi anni che la vigna crescesse e desse frutti, e ora possiamo festeggiare il loro successo scolastico assaporando gli acini violacei, freschi e succosi, frutto del nostro lavoro. Io stesso avevo aiutato con la semina e non mi sarei mai sognato, allora, di trovarmi quaggiù per la raccolta.

Ci basta poco, un grappolo d'uva e degli esami superati, per sentirci felici. E in questo clima festoso Yugin si mette a rileggere le istruzioni rilasciate dal governo, analizzandole parola per parola e studiandone le sfumature con il dizionario.

«*Sir*» esclama balzando in piedi.

«Che c'è, *tambi*, amico?»

«*Sir*, la parola usata nel testo non significa solo "muro" o "parete"... significa anche "barriera" o "recinzione", in uso arcaico.» Gli occhi di Yugin risplendono vittoriosi.

«Un recinto, dunque» dice Joshua, leggendo il documento a sua volta. «Possiamo costruire un muro di mattoni intorno al dormitorio e un recinto lungo il perimetro restante... ma certo!»

Sento un accesso di gioia farsi strada dentro di me. «I soldi raccolti saranno sufficienti in questo caso?» domando.

«Credo di sì, ma andiamo subito a chiedere un preventivo. Forza, che aspetti?» Joshua si volta verso Yugin. «Ben fatto.» Batte le mani.

Così inizia la costruzione del muro, tra le grida e le risate dei più piccoli.

Senza perdere un istante, il giorno dopo Joshua assume dei manovali dalle fattorie vicine. Molta di questa gente, sia uomini sia donne, era rimasta senza lavoro. La siccità sempre più grave ha reso i loro campi infecondi, e così gli uomini accolgono l'opportunità d'impiego con grande favore.

Io trasporto i mattoni, i sacchi di cemento e i secchi d'acqua. Il mio contributo, con ogni probabilità, serve solo a rallentare i lavori, ma se bambini di dodici anni e vecchi di sessanta possono dare una mano, mi dico, di certo posso farlo anch'io. Mi ferisco le mani in più occasioni, ma partecipare alla costruzione di qualcosa che so essere anche un po' mio è un'esperienza unica.

L'ufficiale del governo viene a controllare l'esito dei lavori una volta terminati. Non saprei dire se il giorno del nostro primo incontro si fosse svegliata dal lato sbagliato del letto o se avesse saltato la colazione, ma adesso si rivela una persona affabile, e anzi si complimenta con Joshua per la riuscita dell'impresa.

Dhakshina aveva ragione. La distanza che percepivo dipendeva dall'unica variabile dell'equazione: me stesso. Tirando su il muro, ho sentito una crepa aprirsi in quello che inconsciamente mi ero costruito intorno. Avevo tentato con tutte le forze di tornare al ruolo che avevo durante la mia prima missione di volontariato, tornare alla leggerezza e alla semplicità di chi è privo di responsabilità e piani per il futuro, e così facendo mi ero ritrovato rinchiuso in un museo di mia creazione, come succede ogni volta che si cerca di resuscitare il passato. Nel momento in cui ho accettato il mio nuovo ruolo, ho capito che il rapporto con i ragazzi avrebbe potuto trarne solo beneficio.

Sono cresciuto, e così hanno fatto loro. Siamo cresciuti insieme.

«Esistono solo due tipi di scelte» mi dice Joshua una sera. «Quelle che compi e quelle che compiono te.»

Da fratello sono diventato un guardiano, un protettore, un finanziatore perfino. Il cambiamento è stato fonte di confusione all'inizio, ma crescere in fondo è sempre un processo caotico e sperimentale. Ho imparato che fare un passo indietro non significa necessariamente incrementare la distanza, ma equivale senz'altro a estendere le proprie vedute.

Questa rinnovata consapevolezza influisce ora anche sulla percezione che ho dei miei studi e della mia futura carriera. Faccio il giornalista non perché amo scrivere, ma perché amo le persone. Se ami qualcuno, non sopporti che soffra. Ed è stato costruendo quel muro che ho capito che si trattava di qualcosa di più della mera adesione alle imposizioni statali: ogni mattone significava proteggere un luogo prezioso, come si protegge un giovane albero dalle intemperie. Devo fare qualcosa per assicurare ai miei ragazzi un futuro solido, anche una volta lasciato l'orfanotrofio. La risposta per me è l'istruzione.

Mio padre mi ha sempre detto che sarei potuto diventare chiunque avessi voluto e, per quanto irrealistico tale augurio possa essere, mi ha dato la forza di superare i limiti delle convenzioni sociali, per fare della mia vita ciò che desideravo davvero. Ora so come correggere il suo augurio, poiché noi non diventiamo chi *vogliamo* essere: noi diventiamo chi *crediamo* di essere.

Joshua potrebbe avere tutto – è intelligente, istruito, ambizioso – ma ha deciso altrimenti. Non si è ritrovato qui per caso, non è finito a combattere per ogni rupia per sbaglio. Ha deciso coscientemente di farlo. Ha deciso di vivere per uno scopo più grande.

Viene il giorno del mio compleanno, il primo lontano dalla mia famiglia – o, per meglio dire, dalla mia prima famiglia. Con grande sorpresa scopro che Santhosh è nato il mio stesso giorno, e dunque celebriamo doppiamente. Io ventidue anni, lui otto.

La sera porto tutti a mangiare *dosa* al burro e bocconcini di pollo nel ristorante migliore di Dindigul, la cittadina più vicina, grazie ai soldi che mi hanno mandato i miei genitori. Seduto di fianco ai più piccoli – che, elettrizzati dal luogo, non smettono di parlare un secondo – gusto il cibo che ho imparato ad amare, in compagnia delle persone a cui tengo di più. Non vorrei essere in nessun altro posto al mondo.

Ed è il mio compleanno migliore.

6

Per un bambino perduto

L'oscurità non può scacciare l'oscurità: solo la luce può farlo.
L'odio non può scacciare l'odio: solo l'amore può farlo.
MARTIN LUTHER KING

Luglio 2015

«Qualche giorno fa, da bravo studente universitario, ho festeggiato il compleanno di un'amica in un locale.»

Siamo seduti nell'aia, osserviamo le foglie del vigneto oscillare appena nella brezza notturna.

«Sono andato via presto, volevo studiare un po' prima di dormire» continuo. «Mi sono ritrovato in strada ad aspettare un taxi. Come sempre, sul marciapiede c'era un gruppo di venditori ambulanti, mendicanti e bambini con i loro mazzi di rose in mano.»

Era un viale trafficato, costeggiato da un'infinità di ristoranti e locali alla moda, di grandi hotel e discoteche esclusive. In quella parte della metropoli, dove i grattacieli scintillano nel cielo nero, l'aria è inodore, eccetto per un vago sentore di fumo di sigaretta.

«Appena mi hanno visto, naturalmente, i bambini mi sono corsi incontro offrendomi i fiori. Non avendo una ragazza al mio fianco, ho declinato l'offerta, ma ho comunque sfilato dal portafoglio trenta rupie, dieci per ognuno di loro. Nell'istante in cui ho estratto i soldi, i bambini si sono moltiplicati, prima cinque, poi sei, sette intorno a me, i nasini all'insù, le rose sventolate in aria...» Faccio una pausa. I ragazzi si sono ritirati per la notte. Sushila, seguendo la cultura locale, cena per ultima sui gradini del cucinino, un'ombra sfumata nella fioca luce dell'unica lampadina. «Nel frattempo è arrivato il taxi. Non avevo abbastanza moneta per tutti loro. Ho dato ciò che avevo ai primi arrivati e ho aperto la portiera, ma gli altri mi si sono parati davanti, mi hanno abbracciato stretto, gli occhi chiusi, la fronte affondata nella mia camicia, come se volessero tenermi lì per sempre.»

Joshua annuisce, strizza gli occhi come per scrutare qualcosa in lontananza, ma è troppo buio perché si veda alcunché.

«Ho dovuto staccarmeli di dosso, *sir*» dico, una fitta di disagio al ricordo. «Con gentilezza, certo, ma fermo, spiegando loro nel mio hindi stentato che non avevo ciò di cui avevano bisogno: non i soldi, no, ma una famiglia amorevole, un'istruzione pari a quella di tutti gli altri bambini, e una vita lontana dalla strada.»

«Questo è il problema delle grandi città in India» risponde Joshua guardandomi con assoluta calma. «La gente ha più soldi, ma sta peggio. Perfino i mendicanti ricevono più denaro di chi lavora alla giornata nei campi qui, eppure la disparità sociale è tale da dare origine a soprusi indicibili.»

Non manca mai di sorprendermi come Joshua sembri sempre assorto nei propri pensieri mentre parlo, come se non mi stesse ascoltando per nulla o lo facesse in modo passivo, ma poi se ne esca sempre con la risposta giusta, l'analisi azzeccata del mio dilemma del momento. È qualcosa di piacevolmente destabilizzante.

Bevo un sorso del mio tè. «È pazzesco» dico. «Vivo in quella città da quasi un anno ormai, ma mi si spezza il cuore ogni volta come la prima.»

Silenzio. Posso sentire il mio battito lento, nella gabbia toracica. Ricordare l'abbraccio dei bambini di strada mi fa pensare al modo in cui Muthu, per quanto affettuoso, rifugge il contatto fisico, come fuoco sulla carne. So che ha vissuto in un altro orfanotrofio prima di arrivare a Dayavu Home, ma ignoro cosa sia accaduto in quell'istituto, non conosco neppure il perché del trasferimento. Non ho mai chiesto, ma stasera lo faccio.

Joshua si agita sulla sedia e si mette a sedere dritto. «Vedi...» dice, e il paesaggio intorno a me muta. «Era un orfanotrofio ben più grande del nostro, alto tre piani e lungo quindici o venti finestre. Avevano un'utilitaria giapponese moderna, niente a che vedere con la nostra Sumo.»

Lancio uno sguardo affettuoso al vecchio fuoristrada.

Joshua gesticola dipingendo i muri dell'edificio nell'aria. «Più di cento bambini e bambine, divisi per sesso e di tutte le età, occupavano i dormitori. Ma quando il personale si ritirava per la notte, nel buio di quegli stessi dormitori alcuni bambini restavano svegli.» Fa una pausa, gli occhi neri sprofondati nel ricordo. «Il nostro Muthu era uno di loro.»

Cala il silenzio, sul volto di Joshua un velo di rimpianto e rabbia e segreti a lungo celati.

Accennato nel vuoto tra noi, posso quasi scorgere l'orfanotrofio emergere dalla trama dei suoi ricordi. Il mio cuore batte più veloce, ma non so perché. Mi sembra di essere laggiù.

Joshua tira un lungo sospiro. «Sono stati due ragazzi più grandi.»

«Cos'è successo?»

«Gli hanno detto che sarebbero stati suoi amici, che l'avrebbero protetto.» Joshua si volta a guardarmi. «Gli hanno detto di non dirlo a nessuno.»

So di cosa stiamo parlando. Qualcosa o qualcuno dentro di me lancia un grido.

«Erano gentili con lui, dice Muthu.» Joshua torna a osservare la foresta, senza però vedere alcunché. «Con lui e con il suo amico, Enosh. Per quest'ultimo l'abuso è durato più a lungo.»

Mi pare di trovarmi dentro il dormitorio, i sospiri cadenzati di decine di orfani a scandire il ritmo del sonno. Ho paura ma non riesco a distogliere lo sguardo. Vedo due adolescenti e due bambini inginocchiati davanti a loro. Il primo è snello, la sua pelle sa di caffè. Fa sentire Muthu al sicuro. Pare molto alto, soprattutto se visto da lì sotto.

«Un bambino privo d'amore scambia ogni contatto per affetto» continua Joshua. «Anche l'abuso sessuale.»

Posso quasi sentire la cerniera dei loro pantaloni aprirsi con un ronzio assordante. Sussulto. L'aria sa di chiuso, l'odore di una moltitudine che si ritrova a dormire insieme.

«È successo ogni notte, per un anno intero.»

Vedo il capo di Enosh alzarsi e abbassarsi a ritmo. Muthu si volta a guardare l'amico, che è stato iniziato a questo rito notturno prima di lui. Il ragazzo snello gli accarezza i capelli, poi gli afferra il mento con dolcezza, gli sfiora le labbra e gliele schiude. Muthu serra le palpebre.

Mi alzo di scatto, sopraffatto dal racconto di Joshua. Il grande orfanotrofio svanisce. Dayavu Home riemerge nella trama della realtà. Sushila ha finito di cenare e sta lavando i piatti all'aperto. La luce fioca della lampadina è rassicurante, di ritorno da questa escursione nel passato. Mi tremano le mani.

«Muthu è qui.» Lancio un'occhiata al dormitorio. «Dov'è Enosh?»

«Si è...» comincia Joshua, la voce rotta, ma non riesce a finire la frase.

Voglio spaccare qualcosa, ma tiro un lungo sospiro e cerco di calmarmi. Mi siedo di nuovo. Afferro con forza il bracciolo rotto della mia sedia di plastica.

«Quando hanno trovato Enosh, il segreto è venuto a galla.» Joshua si liscia la stoffa del *lungi* sulle cosce. «L'orfanotrofio ha cacciato non solo i due adolescenti, ma anche Muthu. Sostenevano che la colpa era di tutti e tre, che Muthu era ormai una mela marcia. La comunità di Muthu, al suo ritorno, lo ha ostracizzato. I suoi familiari l'hanno portato qui, a un distretto di distanza, per nasconderlo.»

Sento il cuore rimbombarmi nei timpani e il bisogno di distendermi. Non so come reagire alle parole di Joshua, così mi alzo e gli auguro la buonanotte.

Joshua non risponde.

Una volta davanti al nostro dormitorio, però, tiro dritto e mi addentro nella foresta. Devo stare solo.

Più tardi, al rientro da quella passeggiata notturna, attendo invano il sonno guardando i miei venti fratelli dormire intorno a me. Il mondo, penso, finisce ogni volta che un bambino si toglie la vita. E io non posso stare a guardare.

Agosto 2015

Arriva il giorno del matrimonio di Priya.

Volo a Chennai, dove ritrovo i miei studenti e l'intera comunità che mi ha accolto durante lo stage. Incontro anche il futuro marito di Priya, un haitiano dagli occhi limpidi e un sorriso simile a quello di lei. Entrambi sorridono di rado ma, quando lo fanno, sfoggiano una mezzaluna di denti candidi, una gioia irrefrenabile.

Si sono incontrati negli Stati Uniti, dove entrambi lavoravano per aziende internazionali. Quando lei ha deciso di mollare tutto per tornare in India e insegnare ai più poveri tra i poveri, lui l'ha lasciata andare, e anzi, l'ha incoraggiata, sapendo che il loro amore sarebbe sopravvissuto. E così è stato. È sopravvissuto al fuso orario, alle telefonate all'alba e in piena notte; è sopravvissuto agli stili di vita di colpo opposti; è sopravvissuto alla distanza. Priya e Pierre sono la prova vivente che l'amore, l'amore vero, non è perfetto, non è una favola, ma esiste, e vale sempre la pena.

La cerimonia si svolge in due parti, la prima secondo la tradizione indiana, opulenta, che conta centinaia d'invitati e infiniti rituali che nessuno comprende appieno – eccetto il sacerdote, forse. La seconda parte invece coinvolge solo un manipolo di familiari e amici stretti, e si svolge la sera, senza abiti ricamati e ghirlande, presso una pizzeria italiana che per mesi abbiamo occhieggiato da lontano durante il mio stage.

Danzo con Priya, prima un lento e poi un'imbarazzante imitazione del twist. Sono un pessimo ballerino, ma lei non è messa meglio, e così ci divertiamo. Soffriamo l'afa e il sudore imperla la nostra fronte, ma l'aria profuma di lieto fine, qualcosa di terribilmente raro nella vita di tutti i giorni.

Non sono mai riuscito a rivelarle cosa provo per lei, e certo il giorno del suo matrimonio è il meno indicato per farlo.

Così le ho scritto una lettera, che le consegno prima di salutarla:

Cara Priya,

ho imparato a conoscere il tuo viso. So riconoscere, ora come un anno fa, il tuo sorriso quando erompe come un tuono, un tuono quieto, e sovrasta la folla e i flash e svuota la sala di gente e regali e resta solo la verità, struggente e limpida: sei felice.
Tu, zia, hai sconvolto il mio mondo da capo a piedi, spingendomi a rivedere le mie convinzioni più infantili. Mi hai incoraggiato a vedere il mondo per com'è, e non per come vorrei che fosse. Mi hai insegnato che chi sa mettersi in discussione, in genere, è disposto a mettere in discussione ciò che è sbagliato, e a cambiarlo.
Preoccupante, a volte sinistro, ma anche selvaggio e affascinante, il mondo che mi hai mostrato mi ha lasciato senza parole, lo ricordo bene. Ora, ogni volta che ripercorro il viale della memoria, mi ritrovo a sedere a Marina Beach, di notte, e nell'oscurità davanti a noi non scorgo più un ideale, ma la realtà. Il bello è che, mentre migliorare un ideale è impossibile, con la realtà ci si può mettere all'opera.
La famiglia, l'essere genitori, la responsabilità e lo scopo di ogni essere umano: tu hai cambiato il modo in cui considero ognuno di questi aspetti della vita, o meglio, mi hai invitato a non rifugirli, ad affrontarli da adulto – cosa che fin troppi adulti non fanno.
Ho preso queste idee in prestito da te. Spero non ti dispiaccia.

Ho imparato a conoscere il tuo viso e, visto che gioire della gioia altrui è la benedizione e la condanna di chi scrive, oggi la tua felicità è la mia.

Dunque, la prossima volta che ti sentirai giù di corda, inutile o persa, pensa a quanto sei stata importante per la crescita di un ragazzino e per la sua vita in generale. Se quel ragazzino dovesse mai diventare uomo, sarà un uomo migliore anche grazie a te.

Mi hai insegnato a immergermi nella breve esistenza che ci è data, a trarne il più possibile, a ridere con parsimonia ma con tutto me stesso, quando appropriato, ad apprezzare la bellezza delle piccole cose intorno a noi, e ad amare chiunque ne abbia bisogno.

Perché ti scrivo tutto questo, ti chiederai? Semplicemente, per dirti grazie.

Con amore,

Il Ragazzino

Dicembre 2015

D'inverno torno in patria.

Riabbraccio la mia famiglia e i miei amici. Mi sono mancati al punto che il semplice contatto fisico tra noi, quasi per induzione, ricarica le mie batterie. Faccio sì che ogni giorno conti, e così dormo a casa dei nonni, come da bambino, mi ritiro in collina dagli zii, quasi fossi tornato adolescente, rivedo i miei compagni di scuola e sediamo allo stesso tavolo, allo stesso bar. Mi fa sentire bene scoprire che le mie radici si allungano ancora, forti e profonde.

Trascorro del tempo anche a casa dei miei genitori, dove trovo il letto fatto e le stesse lenzuola in cui ho maledetto e accarezzato i giorni liceali. Ritrovo mio padre, e vedo nei suoi occhi il baluginio di lotte combattute e perse. È visibilmente stanco, nonostante la mia presenza lo rilassi, proprio come quando ero bambino.

«Sicuro di stare bene?» gli chiedo.

Evita il mio sguardo. «Non preoccuparti per me.»

«Papà.»

«Sto bene.» Prende un plico di documenti, lo sfoglia per qualche secondo e lo riposa esattamente dove l'ha trovato. «Non preoccuparti per me» ripete.

A dispetto di ciò che i film vogliono farti credere, due settimane in India non bastano a risanare ventidue anni di rapporto sfilacciato, di occasioni perse, di parole dette troppo in fretta e troppo tardi.

Mio padre e io siamo così simili che guardarlo in volto è come trovarsi davanti a uno specchio che mostri il proprio passato e il proprio futuro. Come me, lui ha sempre avuto a cuore le sue radici, la famiglia, il luogo in cui è cresciuto, e tutto questo, quando aveva la mia età, gli è costato l'occasione della vita: ha rinunciato al lavoro dei suoi sogni in un altro continente. Perché? Per me, risponde, che ai tempi ero un fagiolo nel ventre di mia madre. Ma la verità è che gli esseri umani sono per metà alberi e per metà uccelli, e questo è il nostro grande dramma. Abbiamo radici profonde, ma abbiamo anche un paio di poderose ali, e a volte, specialmente da giovani, si deve scegliere se assecondare l'una o l'altra metà di questa nostra duplice natura. Decidendo di restare in Italia, mio padre ha scelto di aiutare i suoi genitori e la traballante azienda di famiglia, una decisione nobile, che ammiro nel profondo. Al contempo, però, ha messo a repentaglio il suo neonato nucleo familiare, assoggettandolo a due decadi di preoccupazioni, rimettendoci la salute e rischiando quattro volte la vita.

Oggi leggo nei suoi occhi la stanchezza di un'esistenza trascorsa a combattere battaglie ereditate dalla generazione precedente. Nelle sue rughe si nascondono le piccolezze di una città che non gli appartiene. Nelle sue parole sento l'eco della saggezza che deriva dagli errori passati, una saggezza che non si può utilizzare, ma che si può tramandare.

Sarò per sempre grato a mio padre, perché mi ha dato la libertà di costruirmi una vita che mi realizzi appieno e che onori le sue aspirazioni giovanili.

Eppure, guardandomi riflesso nel suo specchio, oggi scorgo un monito: il prezzo che si paga scegliendo di restare nella propria bolla di comfort e dimenticando i propri sogni.

Grazie al supporto di una piccola casa editrice pubblico *Uno*, il resoconto della mia prima missione e dei mesi immediatamente successivi. La notte prima della pubblicazione, mi sveglio febbricitante, ritrovandomi disorientato in un letto che non riconosco più.

Uno però sorprende e conquista la mia cittadina natale. Uno stuolo di vecchi amici, conoscenti e sconosciuti assiste alla presentazione del libro, dimostrando ancora una volta un supporto toccante alla causa.

«Mandare un bambino a scuola è essenziale alla sua felicità» dico la sera, mentre sulla parete alle mie spalle proiettano i volti dei ragazzi e davanti a me ho quelli dei miei concittadini, gli occhi lucidi, il sorriso sulle labbra. «Mandare un adolescente a scuola è essenziale a fare di lui una brava persona.»

Ora ho capito che in un futuro mi potrò trovare lontano dai miei ragazzi, e non solo per qualche settimana: è un mio dovere dar loro la possibilità di emanciparsi dal mio aiuto, o da quello di chiunque altro, così da dipendere solo da loro stessi.

«Per questo voglio dedicarmi all'istruzione dei nostri bambini» riprendo. «L'ho compreso dopo la costruzione del muro. Ho parlato con i più grandi e ho scoperto che dopo la scuola la maggioranza dei loro amici sarebbe andata a lavorare nei campi o in fabbrica. Abbiamo costruito un muro per proteggerli, ora aiutiamoli a sbocciare.»

Poche altre volte nell'arco della mia breve esistenza mi sono sentito tanto in sintonia con la mia terra natia. La mia patria è mia madre, stasera.

Per gestire il ricavato delle vendite del libro e regolare le donazioni che seguono la pubblicazione, fondo una onlus insieme a due amici, Giovanni e Franca. Il nostro obiettivo è offrire ai ragazzi di Dayavu Home, e forse ad altri in futuro, la possibilità di frequentare la scuola e l'università.

Arriva il Natale, il mio primo da tre anni lontano da Casa, ma circondato dai miei familiari. Non sono più abituato al freddo pungente, non sono più abituato alla ricercatezza del cenone, non sono più abituato alla lontananza dai miei fratelli dai piedi nudi.

Tornare in patria per raccogliere fondi coincide però con la maturazione della mia responsabilità verso di loro. Ero atterrato a Dayavu Home vestendo i panni del volonturista, e con gioia me ne sono liberato per diventare uno di loro. Quasi tre anni più tardi, con grande dolore ma anche con grande orgoglio, svesto quei panni per smettere di essere solo uno *di* loro e diventare anche uno *per* loro. Questo significa fare ciò che li aiuterà davvero, anziché dar loro un semplice sollievo momentaneo. Capisco la lezione che Joshua, in silenzio, mi ha impartito per anni: il sacrificio non è fare ciò che la vita ci impone, è avere la possibilità di fare ciò che vogliamo o di evitare ciò che non vogliamo fare, ma farlo comunque in vista di un obiettivo più grande.

In città incontro gli amici di una vita, quelli con cui sono cresciuto e ho condiviso le prime cicatrici. Nonostante li ami ancora, non riesco più a identificarmi con nessuno di loro. È stato un processo lento, ma non per questo meno doloroso. Non provo rabbia o rancore, non mi sento migliore di loro per via delle esperienze acquisite: mi sento solo un po' più distante. Non è tanto ciò in cui credono quanto ciò a cui sono indifferenti a creare questa separazione: non quello per cui si battono, ma quello che accettano come immutabile.

Una sera mi trovo con D'Artagnan, l'amico d'infinite bravate adolescenziali. Siamo seduti sui gradini del Duomo della nostra città, e sorseggiamo birre in bottiglia.

«Ma chi te l'ha fatto fare di trasferirti in India?» chiede.

«Mi piacciono i *samosa*.» Ridacchio.

Entrambi buttiamo giù un po' di birra cercando le parole.

«Come ti sembra tornare qui?» domanda.

«Mi era mancato più di quanto potessi immaginare.» Faccio una pausa. «Soprattutto l'odore di muffa nelle strade.»

«Serio?»

Faccio spallucce. «Odora d'infanzia.»

«Hai avuto un'infanzia umidiccia.»

«Non l'abbiamo avuta tutti?» dico, indicando con un cenno del capo la nebbia intorno a noi.

Cala il silenzio. Non si tratta di un silenzio imbarazzato, ma è come se mancasse qualcosa.

«Sei felice?» Poi, come per scusarsi, mi strizza l'occhio e aggiunge: «Dico, dev'essere dura non avere una tipa».

Sorrido. «E tu sei felice?»
D'Artagnan sospira. «Non sono infelice.»
Silenzio.
«Sì» rispondo, «credo di essere felice. Spesso nel presente, e altre volte guardandomi indietro.»
«Tutti siamo felici guardandoci indietro.»
«Ma ad alcuni serve un anno per capirlo. A me basta un giorno.»
Il freddo mi sta entrando nelle ossa. Nonostante gli strati di vestiti che indosso, il mio corpo non è più abituato.
«Non credo funzionerebbe nel mio caso.» D'Artagnan beve. «Andare via, dico.»
«Andare via non è mai la soluzione. La soluzione è andare *dentro*.»
Lui annuisce.
Altro silenzio. Altra nebbia.
Finiamo la birra ma restiamo seduti.
«Non farei mai ciò che fai tu» continua. Non c'è traccia di critica o invidia nella sua voce.
Gli voglio un mondo di bene, e la sua onestà cementa il nostro legame, ma ci stiamo allontanando sempre più. Sediamo l'uno accanto all'altro, eppure i nostri occhi vedono figure diverse volteggiare nella nebbia.
Ho imparato a mie spese che la forza di un individuo a volte deriva dalla sua solitudine, e che quest'ultima richiede grande coraggio per essere affrontata.
Non taglio i ponti con i miei amici, e non voglio loro meno bene per via delle nostre scelte di vita divergenti.

Solo, come spesso accade, mentre la mia nave prende il largo, le figure sulla banchina si fanno gradualmente più piccole in lontananza.

Prima di tornare in Tamil Nadu, mi tolgo l'*aranjanam*, una corda che porto intorno alla vita, un amuleto che usano nell'India rurale per proteggere il corpo dalle energie negative. Non lo indosso per il suo valore spirituale, ma come segno di appartenenza. Me lo lego al polso. Ora non è più nascosto dai miei indumenti, è in bella vista. Ho smesso di essere un fratello, mi sento quasi un padre, e come tale mi faccio loro ambasciatore. Do voce ai miei bambini, che finora ne sono stati privi.

A casa ho mangiato i pizzoccheri, la specialità della nonna, con sommo piacere, eppure, non appena torno a Dayavu Home, immergo le dita nell'intingolo preparato da Sushila, lancio le scarpe in aria e, inspirando a pieni polmoni, mi libero delle sterili convenzioni prese di nuovo in prestito dall'Occidente.

Muthu lancia un gridolino di saluto tornando da scuola, Antony mi sorride da lontano, Dhakshina mi stringe in un abbraccio. Gustando il tè di Karthick, pianifico con Joshua il futuro della nostra Casa, sotto le frasche dell'aia, la sera che sussurra intorno a noi.

Quanto mi è mancato tutto questo.

7
Il dio delle cose che verranno

> La vita non è trovare te stesso. La vita è creare te stesso.
> GEORGE BERNARD SHAW

Marzo 2016

Nessuno parla della mafia dell'acqua. I politici tacciono perché ammanicati, i media perché tenuti al guinzaglio, la povera gente per la paura.

Joshua lavora duramente per salvare le coltivazioni dalla siccità sempre più impietosa. Mentre io mi concentro sull'educazione dei ragazzi, i primi mesi dell'anno nuovo sono caratterizzati da un viavai di cisterne d'acqua a pagamento trasportate da camion imponenti nei villaggi circostanti. L'unico modo di sopravvivere, per molti contadini, è investire fino a novecento rupie la settimana e comprare acqua dalla mafia. Anche i nostri pozzi sono ormai allo stremo.

«Nessuno ne parla» dice Joshua, una noce di cocco sul palmo della mano, «ma sarà il più grave fenomeno dei prossimi cento anni, più grave della carenza di petrolio, più grave di ogni morbo noto all'essere umano.»

La mafia dell'acqua in India è una realtà sommersa,

ma riguarda tutti. Riguarda uno Stato dal clima più mite con un surplus di risorse idriche. Riguarda funzionari corrotti e grandi aziende di trasporti. Riguarda i potenti locali, pronti ad acquistare le cisterne a basso prezzo – spesso dietro la maschera di attività perfettamente legali, l'edilizia per esempio – e i contadini, costretti dalle circostanze a pagare somme ingenti per salvare magre coltivazioni.

Joshua prova in ogni modo a opporsi al sistema. S'ingegna costruendo nuovi impianti d'irrigazione, pianta semi che richiedono poca acqua, studia perfino la rabdomanzia, la pratica d'individuare bacini idrici nel sottosuolo mediante l'uso degli oggetti più improbabili – tra cui le noci di cocco. Tutti i suoi sforzi, però, sono vani.

Nel giro di pochi mesi, la maggior parte delle nostre coltivazioni si è seccata. I cespugli dei gelsomini si presentano mezzi spelacchiati, i rami esposti, come galline senza piume. I limoni crescono poco, tutti contorti su se stessi. I *nellikai* danno frutti piccoli, dal colore pallido e poco attraente. C'è rimasta solo l'uva.

Quando tutti i rimedi falliscono, Joshua si rifugia nella preghiera. Dio è la sua bussola e la sua àncora di salvataggio: crede fermamente che, nonostante le difficoltà, Dio provvederà sempre per Dayavu Home.

A vent'anni, scoprendo la realtà genuina di quest'orfanotrofio, la sua profonda spiritualità mi aveva conquistato, e anch'io avevo preso l'abitudine di rivolgermi a qualunque forza ci guardasse dall'alto perché mi desse coraggio, perché ci proteggesse dai mali. Ora, però, alle porte del mio ventitreesimo anno di vita, il mio concetto di fede è mutato insieme ai contrasti che vivo dentro e fuori, ed è più sfumato, meno univoco.

«Karthick è qui per colpa di un mago» mi racconta Joshua, una sera. «Dopo il suicidio di sua sorella, la madre, rimasta sola, si è rivolta a un astrologo. Gran parte della gente che vive nei villaggi è analfabeta, ed è facile ingannarla con trucchi spacciati per magia. Hanno bisogno di credere in qualcosa che li assolva dalle loro responsabilità.»

«Per questo mandano i propri figli a vivere in istituti per anni?»

«Non è così semplice. La madre di Karthick comunque non si sarebbe potuta occupare di lui, e il mago ne era consapevole. Gli è bastato dire che la donna avrebbe trovato fortuna solo se avesse allontanato il ragazzo per convincerla a farlo.»

Scuoto il capo, la rabbia mi monta in petto. «È insopportabile che ci sia gente disposta a usare le credenze e la fede per manipolare chi soffre.» Colpisco un bersaglio invisibile nell'aria. «Tre anni fa, *sir*, sentivo di aver trovato qualcosa di così certo, di così...» M'interrompo. Non ho le parole adatte a esprimere la trasformazione di quello in cui credo. Forse non esistono. Il fatto è che più conosco le sfumature delle religioni più mi sento profondamente, irreversibilmente e terribilmente spaventato dai loro fedeli.

«La preghiera» dice Joshua, «come la meditazione,

o il pensare guardando il soffitto, non cambia il mondo intorno a te ma la tua percezione di esso. È tutta una questione di prospettiva.»

Non rispondo. Apprezzo che, nonostante la sua fervida devozione, Joshua mi conceda lo spazio per elaborare il mio rapporto con la spiritualità. È un percorso complesso, punteggiato di dubbi, e che, lo capisco sempre più, durerà per tutta la vita.

Carico dell'elettricità della giovinezza, vedo queste domande come problemi da risolvere, e non come parte della risposta.

«Dio ti ha mandato ad aiutarci» mi aveva detto Joshua una volta.

Avrei voluto crederci, ma avendo visto ciò che ho visto, tanto nella metropoli quanto nel villaggio, avendo capito che né il denaro né il sesso né la fama accendono la superbia umana quanto il potere, soprattutto quello esercitato sugli altri, ora maneggio la fede con cautela. Ascolto con una punta di diffidenza uomini grandi e grossi dire di voler insegnare Dio ai bambini, quando, date le condizioni del mondo di oggi, sentirei piuttosto l'esigenza di insegnare i bambini a Dio. Allo stesso tempo, però, so che Dayavu Home è fondata sulla fede, e che per milioni di persone nel mondo l'idea di un essere superiore che li ami come nessun altro è l'unico mezzo di sopravvivenza. Quindi, se da un lato disprezzo la manipolazione delle menti deboli, dall'altro ammiro la fede di cui l'essere umano è capace; diffido della religione organizzata, ma provo meraviglia davanti allo splendore architettonico delle chiese; dubito dei dogmi ma amo andare a messa con i ragazzi, ogni domenica.

La domenica, puntuale, abbandono i vestiti polverosi e bucati che indosso di solito e mi tiro a lucido. Mi piace incontrare la comunità che ormai mi ha accettato tra le sue file, mi piace accompagnare i piccoli a comprare le caramelle dopo la messa, e gioisco della pace che emana da un gruppo di uomini e donne in preghiera. Chiudo gli occhi e valuto le fatiche che il futuro può riservarci, cercando un modo per sventarle o superarle.

Joshua mi ha insegnato a chiedere a Dio la forza per affrontare i problemi, ma mi ha anche insegnato a pianificare in anticipo e preparare sempre una gamma di soluzioni.

Seduto tra i membri di una congregazione cristiana, in una piccola chiesa nel mezzo del nulla nell'India rurale, trovo risposte a domande non ancora fatte. Prego insieme ai ragazzi, seduti in cerchio, prima di cena, arrendendomi alla consapevolezza che il cambiamento è inevitabile, che non spetta a me impedirlo, ma che il mio compito è di trarne il meglio. Capisco che avere paura va bene. Avere dubbi va bene. Avere segreti, anche.

«E se Gesù non fosse il figlio di Dio?» chiedo a Joshua qualche giorno prima del mio ventitreesimo compleanno. «Questo cambierebbe le cose?» Una domanda audace, ma sento di poter osare, filosoficamente parlando, a questo punto.

«Non pensi che il suo messaggio ne sarebbe sminuito?» chiede di rimando.

«Forse» dico, «o forse ne sarebbe valorizzato. Intendo, se un uomo come noi è stato capace di tanto amore e tanto perdono, significa che c'è ancora speranza.»

Joshua rimane in silenzio. Annuisce.

«Forse, se c'è speranza per il genere umano» parlo, quasi a me stesso, «non è perché Gesù era divino, ma perché non lo era.»

Credo ancora in Dio, ma mi è sempre più arduo trovarlo in chiesa, tra le righe di preghiere da mandar giù a memoria, tra le pagine di un libro. Dio per me è negli occhi dei miei ragazzi quando sorridono davanti alle avversità, nelle mani di chi rischia la vita per aiutare il prossimo, nelle scelte di chi rinuncia a tutto per vivere davvero.

Ecco dov'è Dio.

E se non l'hai visto tra queste pagine finora, forse dovresti ricominciare a leggere da capo.

Aprile 2016

Dhakshina si laurea ad aprile, è il primo dei nostri ragazzi e il primo membro della sua famiglia a raggiungere questo traguardo. Prima di lui, nessuno dei nostri bambini voleva andare all'università, nessuno la considerava nemmeno una possibilità. Ora invece ammirano Dhakshina e iniziano, anche i più piccoli, a pensare a cosa potranno studiare.

Il grande evento però non porta con sé le celebrazioni che ci aspettavamo. Il rapporto tra Dhakshina e Joshua ha preso una brutta piega.

«Gliel'ho detto e ridetto» dice Joshua mentre scaviamo una buca usando picche di metallo. «Se resta, gli trovo un buon lavoro, così può vivere qua e risparmiare tutto quello che guadagna.»

«Ma lui vuole andare.» Calo la picca con forza, il sudore a rigarmi le guance.

«Ma tu sai che il suo ruolo qui è cruciale. Quando non ci sono, Dhakshina sorveglia i piccoli, tiene la contabilità e...»

«È il tuo braccio destro» dico.

«Sì, possiamo dire di sì.» Joshua si piega e rimuove una manciata di terra rossa dalla buca.

Dhakshina vive a Dayavu Home dai tempi in cui l'orfanotrofio non era che una piccola stanza circondata da campi rocciosi. Allora non vi erano dormitori, cucinino, non c'era neppure il campo da gioco: solo Joshua, Rosie e quattro bambini.

Dhakshina e Joshua, insieme, hanno attraversato grandi difficoltà. Sono diventati quasi padre e figlio.

«Vuole vedere il mondo» dice dopo un po'. «Sarà sempre grato a questo posto, ma vuole vedere il mondo, me l'ha detto.» Fatica a immaginarsi l'orfanotrofio senza Dhakshina. «Potrei trovargli un lavoro in banca.»

Joshua non ascolta. È un uomo eccezionale ma, nonostante le sue qualità, come molti della sua generazione, non condivide la fascinazione per l'altrove e la scoperta.

«Potrebbe tenere la contabilità in una banca locale. Ha studiato Comunicazione in inglese, ma posso parlare a qualche amico e...»

Joshua fatica a immaginare l'orfanotrofio senza la presenza di Dhakshina. Lo capisco sentendo la sua voce spegnersi, e lo capisco perché condivido i suoi stessi pensieri. Dhakshina è stato il mio approdo tra i ragazzi quando loro non sapevano ancora l'inglese, e io il tamil. Dhakshina è stato il mio punto di riferimento quando si trattava di superare le differenze con Joshua o, semplicemente, richiamare i piccoli all'ordine. Dhakshina è il mio migliore amico.

«Puoi provare a parlarci?» chiede Joshua riponendo le picche tra gli altri attrezzi.

«Sì, lo farò.»

«E Antony» aggiunge, «ci hai parlato?»

L'ho fatto. Antony sembra irremovibile. «L'abbiamo convinto a finire la scuola» dico, «ma non so come spiegargli che senza l'università finirà a farsi sfruttare nei campi.»

Lui vuole andarsene, ma non per saziare la sua fame di esplorazione, come Dhakshina: no, lui vuole andarsene, temo, per cancellare se stesso.

«Non so cosa lo turbi tanto» dice Joshua, amaro.

«Essere adolescenti non è facile, *sir*, dovresti ricordarlo.»

Di sera, con la luce del tramonto a stemperare i colori, decido di fare due chiacchiere con Dhakshina. Lo trovo nell'aia, vicino alla baracca delle mucche. Sta aggiustando il motore del pozzo. Il suo corpo è minuto, i muscoli fasci d'acciaio. La pelle scura come legno, gli occhi sempre attenti e in cerca di qualcosa. Dhakshina è carico come una molla, è riflessione e intraprendenza e aspirazioni ricoperte da uno strato di cioccolato fondente. Mentre lo guardo, so che non potrei mai chiedergli di restare, di accontentarsi, di smorzare la sua ambizione. Siamo simili, io e lui, provenienti da mondi agli antipodi ma essenzialmente fatti della stessa materia.

«Vai» dico.

Lui mi lancia un'occhiata confusa, poi capisce. Non sorride, mi guarda semplicemente negli occhi, e risponde: «Sì».

Quelle che seguono sono notti insonni. Resto sveglio a lungo, una volta che i ragazzi si sono addormentati. Dopo il primo stage come maestro a Chennai, ne segue uno da giornalista radiofonico in un carcere e un terzo da assistente in un rifugio per senzatetto. Ora, alla fine del mio secondo anno di studi, l'università mi reputa pronto ad affrontare la giungla dell'industria mediatica vera e propria.

Passo le notti a scrivere lettere di presentazione e mandare il mio curriculum in giro. Voglio lavorare in Italia, imparare dalle grandi testate, scrivere nella lingua che tanto amo. Ho sempre desiderato farlo, fin dall'età di cinque anni, quando ho iniziato il mio primo manoscritto, una storia fantastica di mondi paralleli, draghi e rose.

Amo la mia patria. Nonostante abbia seguito il cuore trasferendomi in India, dell'Italia amo l'arte, il cibo, la storia e soprattutto la letteratura. Lavorare come giornalista laggiù sarebbe il coronamento di un sogno.

Attendo le risposte alle mie email giocando con i ragazzi, aiutando con i lavori, insegnando l'inglese e raccogliendo fondi online, ma ogni volta che una notifica illumina il display del mio cellulare sento il cuore in gola e le mani incerte per la trepidazione.

Non è mai la risposta che spero. Ho scritto ai grandi giornali, e da loro solo silenzio. Così provo con le testate medie, da cui ricevo risposte preimpostate. Una di queste, a dire la verità, ha la grazia di darmi una risposta onesta: "Senza contatti?" mi chiedono. "Devi avere almeno un contatto nel settore per lavorare con noi."

Scrivo infine ai piccoli giornali: "Non abbiamo tempo per uno stagista", "Abbiamo appena licenziato metà personale, figurati se abbiamo le risorse per un apprendistato".

Mi sento rifiutato. Respinto. Scartato. Sento l'energia che mi arde dentro ribellarsi e urlare di rabbia. È stato un duro colpo. So che il mio Paese è in balia della crisi economica e della sua stessa indolenza, ma ho sempre sperato che, lavorando sodo, uno potesse guadagnarsi una possibilità.

Evidentemente mi sbagliavo.

Temo di non essere all'altezza, di non essere all'altezza delle promesse fatte ai miei ragazzi, delle aspettative di chi supporta la causa da lontano, del mio riflesso allo specchio, a cui faccio voto di dedicare la mia vita a uno scopo più grande.

O Italia, madre splendida e malata, madre amorevole ma alcolista, che mi ami di un amore tossico, abusivo, dolce – Italia, io ti amo, ma non affonderò con te, mi dico.

«Al diavolo» sussurro, «ho molto da offrire.»

Mando il mio curriculum in giro per il mondo. Quasi per scherzo, lo invio anche a "Metropolis Japan", la rivista in inglese più importante del Giappone, e vengo preso a lavorare con loro, a Tokyo, per due mesi.

Accetto. Voglio rivedere la mia famiglia quasi quanto voglio restare a Dayavu Home, ma non sono più un volonturista, non lo sono da anni, e conosco il valore del sacrificio.

Tre anni prima, nonostante amassi i miei ragazzi con tutto il cuore, proprio come sangue del mio sangue, ero convinto che il mio tempo con loro fosse più importante dell'impegno per costruire il mio o il loro futuro. Mai avrei accettato di scambiare un'ora di compiti seduti a terra sotto la fioca luce della sala studio per un'ora passata a raccogliere fondi dall'altra parte del globo.

Mi piacerebbe vivere in un mondo in cui un gesto semplice come una carezza possa assicurare a un bambino l'istruzione che merita, ma così non è. So che più imparo, più cresco come persona, maggiori saranno gli strumenti a mia disposizione per aiutare i ragazzi.

E dunque devo combattere, mettere da parte ciò che desidero nel presente e abbracciare ciò che serve fare per assicurare loro un futuro migliore.

Al termine del mio terzo anno a Dayavu Home, fisicamente, psicologicamente ed emotivamente sono più forte. Il mio corpo sopporta il caldo torrido e il cibo frugale come quello di un nativo; la mia mente è temprata dalle numerose sfide poste da questa realtà altra, eppure così familiare; la mia emotività è stata a un tempo sviluppata dal rapporto con i bambini e rinvigorita dal mio ritrovato senso d'indipendenza.

Saluto Dhakshina senza sapere quando lo rivedrò. Siamo soliti agli abbracci, ma stavolta ci stringiamo semplicemente la mano. Vedo riflessa nei suoi occhi la difficoltà di questo momento, e intendo rispettarla. È la sua prima scelta, la prima che gli appartenga davvero, da quando è nato, e ne è consapevole. Senza una parola, Joshua gli stringe anche lui la mano, gli occhi velati di lacrime.

A volte abbracciare qualcuno è importante, e a volte non farlo lo è ugualmente. Il volonturista si tuffa a bomba nella cultura locale, toccando e baciando davanti all'obiettivo di una fotocamera, insensibile al fatto che il suo comportamento possa essere inadeguato, irrispettoso, o semplicemente l'opposto di ciò di cui un amico ha bisogno. A volte rispettare la fragilità di chi ami significa non imporgli le tue emozioni.

Dhakshina e io partiamo insieme, come due fratelli, preparandoci ad affrontare l'ignoto della vita adulta.

Giugno 2016

L'esperienza lavorativa in Giappone cambia le regole del gioco. Scopro che il controllo che esercito sulla parola scritta non deriva dalla mia lingua madre, e che quindi sono libero di scrivere ovunque ce ne sia bisogno, nel mondo.

Al mio ritorno, sprono Karthick a seguire la sua passione a dispetto di tutto, anche del volere di sua madre. «Tua mamma vuole il tuo bene» dico. «Crede che studiando cucina non andrai da nessuna parte, ma se rinunci ai tuoi sogni senza provarci non hai forse già fallito?»

Karthick annuisce, poi sorride. «Sì, le farò cambiare idea. Quando assaggerà il mio *chicken 65* le piacerà a tal punto che vorrà vivere nel mio ristorante.» Trova sempre qualcosa su cui scherzare. Ha un talento raro: trasformare il malumore in una risata.

Gli do una pacca sulla spalla. «E poi, se lei non è con te, ci siamo sempre noi.»

Nessuno parla per un po'.

I piccoli stanno guardando un film sdraiati a terra, i grandi sono seduti vicino a noi.

«Non fa niente» dice Karthick, la voce tremula. «Se lei non vuole venire, non fa niente.»

Karthick, Baskar e Yugin iniziano quindi l'università. Da uno, ora abbiamo tre ragazzi che continuano gli studi dopo il diploma e, anche se questo significa che il costo delle rette triplicherà, ho fiducia nel potere delle mie storie e nei donatori che le leggono.

Karthick, in un'umida mattina di giugno, muove il primo passo verso una vita lontana dalle privazioni e dalle pene sofferte nell'infanzia. I nostri tre laureandi gettano le fondamenta di un mondo più giusto, in cui la nascita di una persona non determina il suo intero futuro.

Originari di famiglie poverissime, squassate dall'ignoranza, dall'alcolismo, dalla violenza e dalla morte, questi ragazzi ora saranno padroni, e non più vittime, della loro vita. Sono orgoglioso.

Qualche giorno dopo l'inizio delle lezioni, fischietto accompagnando il ronzio degli insetti notturni. Sfilo vicino alla cisterna d'acqua, dove io e i ragazzi laviamo i nostri vestiti e li appendiamo ad asciugare.

Antony si sta cambiando la maglietta. Mi fermo pensando di fare quattro chiacchiere sui suoi studi, ma quando si scopre la schiena m'immobilizzo, trattenendo il fiato. Uno sfregio gli spacca la pelle dalla scapola fino al fianco, sfiorando le sue costole sporgenti. No, non è una cicatrice. È una ferita fresca.

Antony si gira, mi vede, si rimette in fretta la maglia. Si volta di nuovo e armeggia con un catino di vestiti sporchi, fingendo di avere qualcosa da fare.

Non dico nulla. Temo che, affrontando il problema in modo diretto, lui possa chiudersi ancora di più in se stesso. Fingo a mia volta di avere qualcosa da fare. Poi sento un singhiozzo alle mie spalle.

Antony è fermo, appoggiato alle pareti della cisterna, il volto nascosto nell'incavo del gomito. Piange, piange non come fanno i bambini quando non ottengono ciò che vogliono, ma come gli uomini davanti all'amarezza del mondo.

Mi accorgo di quanto sia cresciuto negli ultimi tre anni. Era un bambino quando l'avevo incontrato, e ora, le gambe lunghe, le braccia forti, i capelli tenuti con cura, Antony non è più un ragazzino, ma non è nemmeno un uomo. Sta nel mezzo, ed è fragile.

Gli poso una mano sulla spalla. Sento i singhiozzi che vibrano lungo il mio braccio.

«È la mia maestra d'inglese» dice. «Mi picchia con un bastone.»

Mi mordo l'interno della guancia a sangue. «Dobbiamo risolvere la situazione» dico. «Vieni.»

«No.» Antony si scopre il volto, supplichevole. «No, *sir*.»

«Sì, Antony, abbiamo bisogno del suo aiuto. Non si arrabbierà, te lo prometto.» Gli stringo la spalla. «Te lo prometto.»

Joshua sta parlando con i piccoli, nell'aia. Gli spiego la situazione in inglese, poi lui vuole sentirla anche da Antony, in tamil.

«Conosco l'insegnante» dice, finito il racconto. «Potrebbe essere una questione di casta.»

La rivelazione mi fa prudere le mani. Antony ha la pelle scura come pochi altri tra i nostri ragazzi, il che spesso è sinonimo di casta inferiore, ma che l'antipatia dell'insegnante potesse essere di natura discriminatoria non mi era passato per la mente.

«Dobbiamo fare qualcosa» dico.

Joshua si passa una mano sul viso. «No... non possiamo. Molti al villaggio considerano le punizioni corporali il miglior modo d'impartire la disciplina. Non possiamo inimicarci il villaggio, la nostra Casa non reggerebbe senza il supporto della comunità.»

«E il tuo amico?» chiedo. «Il poliziotto.»

«Sì?»

«Chiediamogli un favore. Chiediamogli di non dirlo in giro ma di prendere provvedimenti.»

«Queste persone parlano, non c'è verso.» Joshua scuote il capo, visibilmente preoccupato. «Perderemo il loro supporto.»

«Ci vado io. Sono un estraneo, sono bianco, non mi hanno mai completamente accettato. Posso addossarmi la colpa.»

«Ne sei sicuro?»

«Ne sono sicuro.»

Nel silenzio che segue, Antony si alza e se ne va, ma noi siamo troppo immersi nei nostri pensieri per accorgercene.

«Non posso lasciartelo fare.»

«Perché?» Una punta di disperazione nella mia voce.

«Tu sei uno di noi, e la gente del villaggio lo sa» spiega Joshua, e, sebbene le sue parole mi gettino nello sconforto, nei suoi occhi vedo una luce nuova.

«Quindi abbiamo le mani legate?» lo incalzo.

«Da questo punto di vista, temo di sì.»

«Ma non possiamo più lasciare che il ragazzo subisca questo trattamento. Lo distruggerà.»

«Hai ragione, non possiamo.» Joshua fa una pausa drammatica. «Infatti gli cambiamo scuola. Cambiamo scuola a tutti.»

«Ma abbiamo, tipo, quindici ragazzi lì.»

«Sì» risponde, senza aggiungere altro.

«E in questa scuola... ci hai mandato bambini per dieci anni.»

«Sì, e ora uno dei nostri ragazzi sta soffrendo, e non lo tollereremo.»

«Le persone parleranno?» chiedo, già mezzo saltando di gioia. «Cambiare scuola a quindici ragazzi è un messaggio piuttosto chiaro...»

«Lascia che parlino. In teoria, non stiamo andando contro le loro convenzioni, li mandiamo solo a una scuola più vicina.»

Sorrido. Joshua mi ha insegnato a essere un uomo, e stasera mi sta dando un'altra lezione: se le regole finiscono per schiacciare chi ami, è ora d'infrangerle.

«Chiamate Antony» dice agli altri ragazzi, che nel frattempo si sono raccolti intorno a noi. «Diamogli la buona notizia.»

Passano i minuti, ma di lui non c'è traccia. I ragazzi setacciano le vicinanze, ma ogni ricerca è vana. Prendiamo le torce elettriche. Iniziamo a chiamarlo a squarciagola.

Nessuno risponde.

«Separiamoci» propone Joshua, e proprio mentre lo dice inizia a piovere.

8
Di cosa parliamo quando parliamo di noi

> C'è chi guarda alle cose come sono e si chiede: "Perché?".
> Io penso a come potrebbero essere e mi chiedo: "Perché no?".
> ROBERT KENNEDY

Giugno 2016

La pioggia s'infittisce durante le ricerche. Joshua ordina ai piccoli di tornare al riparo nel dormitorio, dove si raccolgono a guardare il temporale. Rivoli si formano ai lati del sentiero, ingrossati a ogni minuto dall'acqua che scroscia lungo il fianco della collina. I grandi liberano i cani, col rischio che si prendano il raffreddore. La pioggia si trasforma in un acquazzone.

«Sei così drammatico!» esclamo, zuppo, al cielo. È la prima volta in tre anni che vedo un tale diluvio, e Dio solo sa quanto ne abbiamo bisogno, ma il suo è un tempismo da film di seconda categoria.

Divisi in gruppi, cerchiamo nei nascondigli più vicini, nel vecchio dormitorio, nel vigneto, nel campo dei manghi, e poi oltre i cancelli, ai margini della foresta, resa quasi impenetrabile dai ruscelli che rigurgitano fango rosso ai nostri piedi. A volte Antony si rifugiava nella solitudine della foresta cercando il silenzio. Se l'avesse fatto anche oggi, per noi sarebbe impossibile raggiungerlo.

«Antony!» chiama Joshua rivolto al fitto muro di rami e foglie, la voce attutita dallo scroscio della pioggia.

Mi stacco dal gruppo. Costeggio il campo dei gelsomini. Devo sbattere ripetutamente le palpebre, l'acqua mi acceca. Mi spingo fino al campo dei limoni, che senza dubbio gioiscono del temporale, ma anche qui niente. Tutt'intorno sento solo il rumore delle gocce sferzare il suolo.

Poi un bicchiere si schianta contro il muro alle mie spalle, e io non sono più bagnato. Il suolo, da un acquitrino di fango rosso, si fa di marmo, e l'aria sa di cannella e di arancia.

So dove sono e quando.

Mio padre appare nel mio campo visivo, leggermente più giovane di come lo ricordavo. Sul suo volto, ira, rammarico e confusione. Muove un passo verso di me, e io lo colpisco. Lui mi colpisce di rimando. È orribile. Le emozioni sepolte tornano alla luce.

Sono un adolescente e sono più debole, ma so essere più meschino. Sono sempre stato bravo con le parole, e so anche come usarle per fare male. Così urliamo, ci colpiamo, ci tiriamo le cose. È tremendo, e non c'è nient'altro.

So com'è sentirsi soli anche quando si è circondati dalla gente, so com'è sentirsi braccati dalla realtà, so com'è essere intrappolati, in un vicolo cieco, senza via di fuga. La ricordo perfettamente, quella sensazione:

impotenza, rabbia, quella cieca, divoratrice, che cr
dipendenza. Anche quando poi il passato inizia a sbiadire, ecco che arriva il rimorso, e poi di nuovo il rancore, in un ciclo capace di renderti insensibile a qualsiasi cosa. Il Tutto. Il Nulla.

I frammenti di vetro scompaiono e la terra bagnata riprende il posto del pavimento di marmo.

Senza un perché, senza un motivo reale, conosco intimamente cosa significa non sentirmi adeguato, non essere mai abbastanza, abbastanza per gli altri, abbastanza per me. Non posso guarire i ragazzi da questo disagio, proprio come non posso guarire me stesso, ma posso capire. Posso capire Antony. E per la prima volta, forse, è abbastanza.

Di colpo, so dov'è.

Mi apro la strada nel campo abbandonato dei *nellikai*, i rami a graffiarmi il volto. Cerco la piccola radura in cui l'ho visto, tre anni prima, cercare conforto accarezzando la mucca Chaula, il viso premuto contro il fianco ampio e caldo dell'animale.

«Cosa devo fare per aggiustarti?» chiede la voce di mio padre da un passato troppo prossimo.

«Io non voglio che tu mi aggiusti» riecheggia la mia. «Voglio solo che tu mi capisca.»

Ed è proprio lì che lo trovo.

Ci guardiamo e non parlo, non muovo un muscolo sotto la pioggia incessante. Il ragazzo non è più un bambino, ma non è ancora un uomo. È dolore e speranza e domande. Vedo tanto di me stesso in lui, e dunque so, ricordando gli anni della mia adolescenza, ciò di cui ha più bisogno: mentre tutti tentano di aggiustarlo, Antony ha bisogno di qualcuno che lo capisca. A volte desideri solo che qualcuno sia pronto ad ascoltarti, a conoscere i tuoi problemi, qualcuno disposto a fare la cosa più semplice e più dura al mondo: condividere il tuo silenzio.

Antony mi guarda negli occhi, poi li distoglie come a cercare qualcosa nella pioggia, e dopo ritorna a fissarmi.

Restiamo immobili per qualche tempo, grosse gocce ci scivolano lungo il mento, le orecchie, le guance, nascondendo sotto un velo pietoso la debolezza della nostra natura umana.

Poi mi volto, inizio a camminare e non mi guardo indietro, sapendo che mi seguirà.

E così accade.

Il temporale ha dato sollievo alle coltivazioni assetate, alzato di un poco il livello dell'acqua nei pozzi e alleviato la calura che affligge persone e animali. Ma solo per qualche giorno. Poi il sole battente riprende a regnare, spaccando la terra, prosciugando i pozzi, di nuovo. La pioggia è stata un evento positivo, certo, ma in quantità insufficiente, e nella stagione sbagliata.

Giorni dopo l'acquazzone, Joshua decide di ricorrere a misure estreme. In nessuno dei nostri cinque pozzi resta una goccia d'acqua e la vigna rischia di finire come tutte le altre colture.

Dayavu Home ha bisogno di quell'uva. Sì, io mi sono impegnato a raccogliere fondi per la scuola e l'università, ma restano da pagare le bollette, il magro salario di Sushila, il cibo e la benzina per la Sumo. L'uva è al momento la nostra unica fonte di guadagno. Abbiamo bisogno di quell'uva.

Joshua sceglie d'intervenire su un pozzo, quello più profondo. Chiama tutti a raccolta. I grandi, io e due contadini delle fattorie vicine, ci occuperemo di estrarre il tubo di drenaggio; i mezzani lo gestiranno una volta estratto; i piccoli formeranno una catena umana per portare acqua da bere dal cucinino al sito dei lavori.

Iniziamo nel tardo pomeriggio, mentre il sole negozia il suo dominio con la luna e le stelle. L'obiettivo: estrarre oltre trecento metri di tubature dalla bocca del pozzo, a mani nude. Anche avendo nove paia di braccia a disposizione, è un lavoro estenuante. I tubi sono inverosimilmente pesanti a causa dei detriti intrappolati al loro interno, e la forza di gravità minaccia continuamente di risucchiarli verso il fondo del pozzo.

Impieghiamo quattro ore, quattro ore di lavoro continuo, durante il quale temo mi si stacchino le braccia. Sono coperto di fango. Mi bruciano i muscoli del collo e della schiena. La pelle tra un dito e l'altro è scorticata dalla frizione.

Il cambiamento climatico è per me reale come non lo era mai stato.

Riusciamo nella nostra impresa quando ormai la luna si è insediata alta nel cielo. Uno dei contadini assunti per il lavoro cala nel pozzo due ordigni fatti in casa e li fa saltare.

Mi addormento stanco ma lieto di aver partecipato a un lavoro tanto sfiancante, condividendo la speranza di vedere il livello dell'acqua crescere nei giorni successivi.

Quando mi sveglio, realizzo di aver perso uno dei miei braccialetti. Non sono mai stato un fanatico degli accessori, ma indosso sempre i regali, in questo caso i bracciali colorati che i miei ragazzi creano con le loro mani. Uno in particolare, dalle perline bianche e blu, regalatomi da Antony durante la prima missione. L'ho sempre custodito come un tesoro, e ora è sparito.

Lo cerco in lungo e in largo, chiedendo ai piccoli di aiutarmi nelle perlustrazioni, invano. Dev'essersi sfilato durante i lavori del giorno prima, e forse è addirittura caduto nel pozzo, nelle profondità della terra.

La perdita m'intristisce all'inizio, ma non a lungo. Realizzo che tengo alle persone, non ai braccialetti, che ho scelto di vivere con loro: non mi servono souvenir.

Trasferirmi in India è stata la scelta migliore della mia breve, intensa vita. La consapevolezza non mi colpisce all'improvviso, era sempre esistita in silenzio nella mia mente, solo che ora la metabolizzo, la faccio mia.

Quella sera, durante l'ora dei compiti, provo a immaginarmi la mia vita senza di loro, e mi accorgo che mi è impossibile. Per quanto m'impegni, non so cosa sarebbe stato di me se non li avessi incontrati.

Li guardo con orgoglio.

Santhosh, accovacciato a terra, la lingua sporta sul labbro superiore; Prakash a stuzzicare suo fratello Pradap rubandogli la gomma; Muthu che mi guarda ogni due per tre, distraendosi continuamente dallo studio: tutti loro sono animati da un irrefrenabile desiderio di vivere, nonostante le difficoltà che la vita ha posto loro, e questo mi strappa il cuore.

Non è pietà quella che sento per i miei bambini, ma ammirazione. Li ammiro perché, nonostante una vita di abusi e privazioni, lottano ancora. Sebbene il loro capo sia stato piegato con la forza, la loro schiena non si è spezzata.

Dopo tre anni, i ragazzi parlano un inglese eccellente. Sono i primi della loro classe. Anche Antony – ma che dico? *Soprattutto* Antony. Sono così orgoglioso dei loro progressi da stentare a credere di esserne stato in parte il fautore. Stando con loro ho imparato qualcosa di fondamentale: un bambino crescendo si rivela sempre all'altezza delle tue aspettative. Se lo consideri un buono a nulla, ti crederà sulla parola e non andrà da nessuna parte. Se invece hai fiducia in lui, non c'è nulla che non possa ottenere. Non ho mai creduto nei miracoli, ma se assistere allo spettacolo di un bambino che impara qualcosa di nuovo non lo è, non so cos'altro possa esserlo. Ho la fortuna di crescere con loro, di vederli abbandonare le ombre del proprio passato per guardare al futuro con occhi limpidi, con sguardo di speranza, e di questo sarò grato per sempre. Li amo non perché sono deboli, ma perché sono forti.

Di notte veniamo svegliati da un grido nell'oscurità. Yugin balza in piedi e accende la luce: Muthu, accovacciato sulla sua stuoia, piange coprendosi l'orecchio con la mano tremante. Sushila si sveglia a sua volta, portando con sé la cassetta dei medicinali.

Si tratta di una puntura d'insetto, niente d'inusuale, ma Muthu fatica a riaddormentarsi, anche quando le luci si spengono e gli altri tornarono a dormire.

Mi siedo accanto a lui.

«Non ti preoccupare» dico. Ho imparato da loro così tanto riguardo alla generosità spoglia di aspettative, la condivisione priva di riserve, l'amore disinteressato. Ho imparato che amicizia e distanza non condividono la stessa equazione, che il sangue non conta nulla quando affideresti senza riserve la tua vita a mani altrui. Ho imparato che la speranza attecchisce meglio in luoghi che paiono esserne privi. «Non ti preoccupare, siamo tutti qui. Sushila è qui, Yugin è qui, *sir* è qui, io sono qui, tutti i ragazzi sono qui. Non ti preoccupare.»

Nella sua arroganza, il volonturista dice: "Sono arrivato e ho insegnato il sorriso". Io invece dico: "Sono arrivato e il sorriso mi è stato insegnato".

Questi ragazzini non sono numeri, sono i miei fratelli. Venti ragazzi. Alcuni di loro li conosco meglio di chiunque altro al mondo, conosco l'universo che celano agli altri. Ma so anche che, per arrivarci, è necessario dedicare loro la vita, è necessario esserci quando si svegliano piangendo la notte, quando prendono un bel voto e tornano raggianti da scuola, quando l'adolescenza li colpisce duro. È necessario esserci. Per questo non sono numeri. Sono venti, è vero, ma sono infiniti. Sono infiniti dentro.

Mi sdraio accanto a Muthu. Non lo tocco, non voglio rompere il suo guscio protettivo. Resto a guardarlo finché si addormenta, e Muthu, fino al momento di chiudere gli occhi, ricambia il mio sguardo.

Settembre 2016

Abbiamo sgobbato quattro ore con i tubi, Baskar si è ferito alla mano e abbiamo speso settemila rupie per comprare gli esplosivi, senza ottenere alcun risultato.

L'esplosione avrebbe dovuto fratturare il sottosuolo aprendo la via a nuovi canali sotterranei per far confluire l'acqua nel nostro pozzo, ma evidentemente non c'è più acqua nemmeno nei condotti circostanti.

Joshua è costretto ad acquistare una cisterna dalla mafia, ma lo fa ripromettendosi che sarà l'ultima volta.

La situazione generale è disperata. I contadini vendono il poco bestiame che hanno, rinunciando all'unica fonte di sostentamento stabile: è l'ultima spiaggia per questa gente. Non c'è più lavoro, da nessuna parte, e gli uomini e le donne trascorrono le giornate, affamati, sotto le frasche degli alberi, davanti alle loro piccole case. Il corpo delle donne, a volte, presenta il contrasto tra le braccia esili, tipiche della denutrizione, e il ventre gonfio di vita nuova.

Joshua non perde un attimo. Raduna gli anziani del villaggio per cercare insieme a loro una soluzione alla crisi. Si raccolgono ogni giorno, fino a notte fonda, per una settimana. Il risultato è la creazione di un sindacato degli agricoltori. Joshua ne è il presidente. Propone al governo la realizzazione di un piccolo lago vicino a Dayavu Home, sulla terra di proprietà statale ai margini della foresta, ai piedi della collina: una terra incolta, poco più di una landa desolata, ma l'immagazzinamento idrico previsto dal progetto gioverebbe a oltre tremilaseicento contadini nei sei villaggi circostanti. Si tratta di una richiesta ambiziosa, fatta a un governo spesso sordo alle invocazioni dei meno abbienti, ma Joshua non vacilla un momento. Non lo vedo mai perdere la speranza. Quanto a me, è eccitante assistere alla sua trasformazione da assistente sociale ad attivista, da vittima a leader.

Con la fine del primo semestre del mio ultimo anno di università, sono di nuovo impegnato nella selezione del mio stage lavorativo. Essendo questa l'ultima possibilità che ho di lavorare da studente universitario, sono più che determinato a trarre il meglio da quest'opportunità, e punto in alto. Voglio la BBC.

Scrivo la lettera di presentazione più d'impatto che sappia elaborare, aggiorno il mio curriculum con le esperienze fatte a Tokyo e invio centinaia di email in tutto il mondo. Sono affamato. Sono determinato come non mai.

«La mia famiglia è simile alla tua» mi dice il mio professore universitario di Storia, in una seduta individuale.

«Una famiglia grande, molto unita.» È un brav'uomo, disposto a dedicare buona parte del suo tempo libero agli studenti. Ho preso l'abitudine di chiedergli consiglio in materia professionale. «È doloroso separarsi da famiglie così, sia per loro sia per noi» continua. «Ma il punto è che, a volte, coloro che non sono abituati alla separazione non sono abituati neanche al successo.»

Le sue parole mi affondano nella carne come una lama. Sono parole dure. Sono parole vere. Le riporto a Joshua che, sebbene sostenga i valori familiari, m'incoraggia nella stessa direzione.

«So che vorresti rivedere i tuoi genitori il prossimo Natale» dice, «ma questo è quel momento della tua vita in cui devi giocare tutte le tue carte, devi crescere, devi diventare.»

Tento ogni strada. Contatto le risorse umane delle testate a cui punto, ma non solo, contatto anche i singoli reporter, chi si occupa di marketing, pure chi pulisce i pavimenti, maledizione! Devo farcela.

Mi prendono a "BBC Knowledge", a Mumbai, una città che amo e che custodisce per me lontani ricordi. Mi prendono al "South China Morning Post", il quotidiano più influente di Hong Kong. Accetto entrambe le proposte. Sono l'unico studente della mia università a fare due stage, sacrificando così le mie vacanze di Natale e il primo mese del semestre di laurea. So che sarà faticoso, sia lavorare per due grandi testate senza pause in mezzo sia dover recuperare le lezioni perse, ma nulla mi fermerà.

Grazie alla determinazione di Joshua, grazie alla resilienza dei ragazzi, capisco che ho le potenzialità per fare la mia parte nel mondo. Devo solo svilupparle.

Saluto i ragazzi lanciando i piccoli in aria, come faceva mio padre, e abbracciando i grandi. Stringo la mano a Joshua, a Rosie e a Sushila, promettendo loro di tornare un po' più grande.

I due stage, durati complessivamente oltre quattro mesi, mi vedono lavorare in due delle più importanti sedi del giornalismo mondiale, imparando da persone preparatissime, che mangiano, dormono e respirano al ritmo di questa professione.

Trovo in loro amici e guide, esempi e moniti, spesso diluiti in una sola soluzione. Queste due esperienze mi temprano. Sviluppo l'idea di un obiettivo, uno scopo cui dedicare i miei sforzi.

«Fai in modo che ogni tua decisione ti porti di un passo più vicino al tuo obiettivo finale» mi aveva detto Priya quella sera a Marina Beach, e le sue parole non mi sono mai parse più vere.

Dopo quasi quattro anni a Dayavu Home, vedo il mondo per ciò che è: una bolla di oscurità interrotta da sprazzi di luce vivissima, splendida, quasi sacra. Questa luce, ne sono sicuro, si accende ogni volta che aiutiamo qualcuno, compiamo un atto di gentilezza o sappiamo influenzare positivamente la vita altrui. È mio dovere battermi per questa luce, perché posso farlo, perché sono vivo.

Il mondo è messo male, e lo è da sempre. Io non

posso sopportare di viverci senza fare qualcosa, anche a costo di dedicarci l'esistenza. Sarà un cammino impervio, spesso solitario. Il rischio del fallimento sarà sempre in agguato, e per questo temo che mi arrenderò, forse non domani, ma in futuro. Non posso correre questo rischio. Così prendo la solitudine, uno dei miei più feroci nemici da quando sono adulto, e ne faccio la mia più grande alleata, la mia arma più potente. Dopo essermi emancipato dalle amicizie del Vecchio Mondo e dal Vecchio Mondo stesso, prendo la difficile decisione di allontanarmi un po' di più dal mio più grande punto di riferimento: la mia famiglia.

Mi sono accorto, nonostante il legame di sangue, delle fondamentali differenze che ci separano. Alcuni di loro hanno paura, ma non sanno di cosa; altri hanno paura, sanno di cosa, ma rivolgono il proprio rancore verso persone o gruppi di persone che non hanno colpa.

Amo ancora la mia famiglia, ma desidero davvero essere come loro? Desidero compiere gli stessi errori di mio padre? Desidero forse bermi il cinismo dei cenoni della Vigilia? Ecco cosa mi sto chiedendo.

Mi torna alla mente uno degli insegnamenti più importanti che ho ricevuto da mio padre: «Sii un uomo migliore di me».

Allora capisco che non si tratta di chiudere i contatti o aumentare la distanza, semplicemente di accettarla come necessaria al raggiungimento di un obiettivo ultimo. Può sembrare una sottigliezza, ma è tutto. Si tratta di un confine labile, quello tra l'abbandono dei punti di riferimento e l'indipendenza da essi. Ho sempre pensato che mi sarei sentito in esilio, ma non è così: mi sento libero.

Con il senno di poi, ringrazio il mio Paese per avermi respinto, risvegliando in me una fame di rivalsa che ha acceso la mia passione professionale, funzionale al raggiungimento del mio scopo. L'Italia è stata la mia rete di salvataggio, ma ora devo imparare a nuotare da solo.

Sono nato bianco, maschio e appartenente alla classe media: il ritratto del privilegio. Eppure, nonostante la mia fortuna, non trovo pace nelle soddisfazioni mondane. Nonostante abbia tutto ciò che posso desiderare, nutro sempre questa fame nel profondo del mio spirito. Per un periodo, da ragazzo, mi è parso che viaggiare, scoprire luoghi a me nuovi, potesse saziarmi. Ma non è così. Anche il viaggio perde valore se paragonato al Grande Piano. Il piacere di scoprire nuovi luoghi impallidisce davanti al desiderio di avere un impatto positivo sugli altri.

Un giorno, a Hong Kong, la mia caporedattrice mi convoca nel suo ufficio. Manca poco alla conclusione del mio secondo stage e alla mia partenza.

«Se resti» dice indicandomi una sedia, «ti offro un lavoro.»

Impiego una frazione di secondo per decidere. «Grazie» rispondo, «ma devo tornare.»

«Devi laurearti» annuisce. «Capisco.»

Mi gratto la nuca e abbozzo un sorriso. «Già.»

Dev'esserle parsa una decisione saggia, mi dico uscendo dal suo ufficio, propria di un giovane, studioso e oculato. Eppure l'università è solo in parte la ragione per cui rifiuto il mio lavoro ideale. Il motivo principale è più semplice: ho fatto una promessa e devo mantenerla.

Torno a Dayavu Home. In quattro mesi, il periodo più lungo lontano dai miei ragazzi negli ultimi tre anni, i piccoli sono cresciuti visibilmente, e mi si aggrappano alle gambe come addobbi a un abete natalizio, appena mi vedono.

Come promesso a Joshua, sono tornato più abile nella scrittura e nella pianificazione. Avremo cinque ragazzi da mandare all'università nel giro di sei mesi, e sono pronto alla sfida finanziaria più grande che abbiamo mai affrontato.

«Perché lo fai?» mi chiede Joshua. La sua non è una domanda retorica.

«Perché mi rende felice.»

«Allora hai già la risposta. Serbala in petto per quando ti servirà avere coraggio.»

Ce la faremo, ne sono sicuro.

Se hai la possibilità di realizzare un sogno, allora hai il dovere di farlo.

Gennaio 2017

La sera del mio ritorno, come ogni altra, ci ritroviamo a parlare nell'aia davanti al cucinino, l'unica fioca lampadina ad abbozzare i contorni dei nostri corpi e della natura intorno a noi.

«Cos'hai imparato?» chiede Joshua.

Rifletto. «L'importanza del *perché*.»

«Il *perché*?»

«I giornalisti si dimenticano sempre del *perché*. Se leggi le notizie, trovi sempre il *chi*, il *come*, il *cosa*, il *quando*, il *dove*, mai il vero *perché*. E il *perché* è dove le cose si fanno intriganti.»

Joshua mi fa cenno di continuare mentre taglia un mango a spicchi.

«A Hong Kong ho scritto un articolo su una famiglia di rifugiati. È un tema trattato e noto, eppure il mio pezzo ha incendiato la città, è finito tra i più letti e commentati del giorno.»

«Perché?» domanda Joshua con un sorriso da orecchio a orecchio.

Sorrido di rimando. «Ho chiesto il *perché*. Ecco il motivo. Ho vissuto con questa famiglia per un giorno, mangiando insieme a loro e dormendo nel loro letto a castello. Li ho seguiti in tribunale e ho sventolato la mano, la mattina, guardando la figlia andare a scuola. Anziché chiedere della loro vita, per un giorno sono diventato uno di loro, proprio come mi hai insegnato.»

«E cos'hai scoperto?»

«La bambina» rispondo. «È lei il loro *perché*. Perché il padre è fuggito da un campo di prigionia militare in Sri Lanka, e la madre da una famiglia abusiva nelle Filippine. Scrivere questo pezzo mi ha fatto capire che nessuno lascerebbe mai il proprio Paese, a meno che vivere senza diritti e documenti, con la minaccia della galera sempre in agguato, in un monolocale in cui puoi camminare a stento, non prometta una vita migliore di quella in patria.»

Joshua mi passa una fetta di mango.

«La loro bambina, Susan, mi ha fatto pensare ai nostri ragazzi» dico masticando. «Ha negli occhi la stessa, inspiegabile speranza nel futuro.»

«A volte basta rifiutarsi di credere alla negatività di circostanze date per immutabili per vedere un'altra via.»

«Ah, quasi dimenticavo. Ho mangiato della zuppa al serpente!»

Come sempre, continuiamo a chiacchierare e scherziamo, ridiamo e torniamo seri. A volte parliamo del passato, altre del futuro, ma più spesso del presente e di ciò che comporta; parliamo di Dio e degli attori del cinema, di cucina e di politica, o semplicemente restiamo in ascolto del vento tra le fronde delle palme che, invisibili, conversano al nostro posto.

Sono scambi splendidi, dai quali esco sempre un po' cresciuto.

Il buio, che assedia ogni cosa oltre la bolla di luce della lampadina, non è quello che fa paura ai bambini, ma quello dolce e soffice da cui farsi abbracciare, che ti fa sentire al sicuro. Alto su di noi, lo vedo aprirsi appena sopra il capo di Joshua. Il cielo è perfettamente nero, senza i fumi dell'industria e le luci delle grandi città. Sembra un manto di velluto, e le stelle sono piccoli, remoti, nitidissimi gioielli. L'aria profuma di foresta, e di collina, e della cena finita da poco.

«Sei parte della nostra famiglia» dice Joshua e, nonostante ne sia consapevole, sentirglielo dire mi riempie il cuore.

Sorrisi. Fratello. Padre. Figlio.

«Sai, io sto invecchiando» aggiunge. «Un giorno *forse* diventerò vecchio, e *forse* non sarò più in grado di gestire questa casa da solo.» Una pausa. «Ti andrebbe di prendere il mio posto, allora?»

La vita è un canto meraviglioso.

9
Una lanterna di lucciole

> L'educazione è l'arma più potente che si possa usare per cambiare il mondo.
>
> NELSON MANDELA

Marzo 2017

Joshua mi fa entrare nel consiglio di Dayavu Home. È una carica onorifica, nulla di ufficiale, ma mi riempie comunque di gioia. Inizio a partecipare ai colloqui con i parenti dei ragazzi. Ora sono coinvolto nel processo decisionale dall'inizio alla fine.

A marzo iniziamo a parlare della scelta universitaria dei diplomandi, Antony e Kesevan. Siamo seduti, Joshua e io, a un lato del tavolo posizionato per l'occasione al centro del nuovo dormitorio. Davanti a noi ci sono Antony e suo nonno.

«Allora» chiede Joshua, «cosa vuoi fare?»

Antony fugge il suo sguardo, per poi lanciarmi un'occhiata fugace.

Ho passato i mesi precedenti tentando di convincerlo.

«Se non vuoi farlo per te stesso» gli ho detto, «allora fallo per me.»

Dopo il cambio di scuola, Antony sta gradualmente

ritrovando il sorriso, ma è irremovibile sulla questione: finirà la scuola, poi andrà a lavorare.

«Ti ascoltiamo» dice Joshua, vedendo che il ragazzo esita a rispondere.

Eccolo, il momento della verità. Il nonno appare straordinariamente giovane, forte nelle membra e nello sguardo, e per una volta non è ubriaco.

«Parla» lo incalza.

Antony ha sedici anni e, come molti alla sua età, non ha idea di chi sia o di chi voglia diventare. L'India rurale è pronta a fagocitarlo, lo so bene, non appena metterà piede fuori di qui.

Antony schiude le labbra, sbatte le palpebre.

«Mi piacerebbe continuare a studiare» dice.

Sospiro di sollievo, il corpo teso in un moto di trionfo.

«Cosa?»

«Politecnico.»

«Cosa vuoi diventare?» chiede Joshua.

Chi sei? Chi vuoi diventare? Due quesiti vecchi come il mondo che riemergono a ondate nella vita di ciascuno di noi. Possiamo gingillarci con essi, o lasciare che il dubbio ci divori, oppure possiamo riconoscerli come parte del nostro cammino, facendone uno strumento di conoscenza di sé.

Antony tentenna, non sa rispondere con certezza. La sua strada è lontana dal capolinea.

«Bene» intervengo, «stiamo già raccogliendo fondi per il prossimo anno accademico. Migliaia di persone hanno partecipato donando e leggendo il mio libro. Preparati come si deve per gli esami di Stato, e noi penseremo alla parte economica.»

Antony annuisce incerto, poi sorride.

«Grazie» dice il nonno, stringendomi la mano. C'è gratitudine sincera nei suoi occhi scuri.

Così è deciso, Antony studierà al Politecnico e Kesevan, seguendo le orme di Yugin, informatica.

«Cosa ti ha fatto cambiare idea?» chiedo ad Antony, una volta salutato il nonno.

Antony è dolore, speranza e domande. Lui alza le spalle con noncuranza. «Mi fido di te» risponde. Poi sorride.

Ho preso l'abitudine di parlare con Dhakshina ogni mese. Chiacchieriamo al telefono per ore, condividendo le difficoltà del presente e gli obiettivi futuri. Lui è finito a lavorare nella sua cittadina natia come commesso in un negozio. No, non è il tipo d'impiego che mi ero augurato per lui.

«Quello del lago è un progetto eccezionale» dico, «se va in porto, farà la storia in questa zona, e M.J.», così chiamiamo Mr Joshua tra noi, «è un grande leader, lo sai, un formidabile oratore e un uomo dall'intelligenza spiccata, però...»

«Il governo vi sta ignorando.»

«Esatto.»

«La situazione è simile in tutto il Tamil Nadu» spiega

Dhakshina. «È difficile attirare l'attenzione di Chennai, specialmente per una zona tanto marginale come la nostra.»

Sorrido perché si riferisce ancora a Dayavu Home come al "nostro" posto, nonostante se ne sia andato da quasi un anno.

«Forse dovresti chiamare M.J.» provo.

«L'ho chiamato per Natale.»

«Lo so.»

Dhakshina sospira. «Dovrei, ma non ci riesco. Non finché non avrò un buon lavoro. A volte mi chiedo se non abbia fatto la scelta sbagliata ad andarmene.»

Non gli dico che a volte me lo chiedo anch'io, e mi sento in colpa per averlo incoraggiato.

«Perlomeno qui conosco molta gente» aggiunge per rompere il silenzio. «Dormiamo in cinquanta in una camerata, è vero, ma almeno conosco persone da tutto il Paese, e forse uno di loro avrà il contatto giusto.»

«Non mollare, Dhakshina.»

«Mai, amico.»

«So che ce la puoi fare.»

«Dobbiamo ancora incontrarci in Cina, ricordi?»

Certo che me ne ricordo. Si tratta di una promessa fatta durante la nostra primissima conversazione, nel vigneto, quattro anni prima, quando le viti non erano che germogli nella terra rossa.

«Voi mangiate i serpenti» disse Dhakshina.

Mi volto e lo vedo accucciato in un vigneto pieno di germogli.

«E voi le cavallette» rispose una versione più giovane di me, accucciata davanti a lui.

Sorrido ricordando gli stereotipi, alimentati da un'ingenuità quasi candida, che avevano colorato la nostra prima interazione.

«Cosa!?» Dhakshina rise, la sua voce acuta come quella di un bambino.

«Non mangiate gli insetti in India?»

«Certo che no. E voi non mangiate i serpenti in Italia?»

«Credo che quello si faccia in Cina.»

Dhakshina ci pensò su. «Devono mangiare anche le cavallette, allora.»

Il me stesso del passato sorrise. «Sicuro.»

«Dovrò abituarmici.»

«Perché?»

Dhakshina spalancò le braccia. «È là che andrò. Lavorerò sodo e poi tornerò qui e costruirò una casa grande, e donerò parte della mia fortuna a Dayavu Home.»

Tra i due noi di quattro anni fa, l'acqua gorgoglia irrigando le stesse piante che sono oggi la nostra principale fonte di sostentamento.

«Va bene» rispose il me stesso del passato, offrendogli la mano.

«Cosa?»

«Ci vediamo là.»

«La Cina non è mica piccola, amico. Come faremo a incontrarci o a riconoscerci?»

«Avremo la barba.» Il me stesso del passato si toccò

il mento. Di riflesso, faccio lo stesso. «Ci vedremo in stazione, come nei film.»

A differenza di allora, oggi sfoggio un accenno di barba. Nulla di che, giusto una peluria morbida, castana e biondiccia, su mento e guance. Barba, in ogni caso.

I due si strinsero la mano.

Il tempo ha cambiato così tanto nelle nostre vite. Oggi Dhakshina sa quanto sia difficile per un orfano di casta bassa trovare un'opportunità e ottenere i documenti necessari a lasciare il Paese. Quanto a me, dall'adolescente sempre in fuga che ero, da anni mi sono impegnato a restare, accettando la responsabilità di aiutare i miei fratelli.

Le viti sono cresciute, i frutti maturi.

È forse ora di mantenere le promesse fatte quando non conoscevo ancora il potere delle parole?

La sera del mio compleanno, ceniamo con *dosa* al burro e bocconcini di pollo al ristorante di Dindigul, come ormai da tradizione. Compio ventiquattro anni, e Santhosh dieci. Prima del gelato, i ragazzi mi sorprendono con un pacchetto regalo. Lo scarto. Apro la piccola scatola. È un orologio di poco valore, ma per me è inestimabile. Mi sento riempire di luce sapendo che è frutto dei risparmi della loro paghetta, e che ci avranno impiegato tanto per poterselo permettere.

Nel viaggio di ritorno, Muthu si addormenta con il capo appoggiato alla mia spalla.

Joshua guida canticchiando una vecchia canzone in tamil.

«Credi nel destino, *sir*?»

«No, tu?»

«No, neanch'io. Un tempo sì, ma non più.» Faccio una pausa. «Stasera però mi sembra quasi di sentirlo, insomma, il momento in cui il filo blu del destino e il filo rosso del libero arbitrio si incontrano. Dicono che accada quando ti trovi esattamente dove dovresti essere, sul piano della vita. Ha senso?»

«Forse no» risponde lui, «ma aggrappati a questa sensazione. Significa che hai raggiunto la piena felicità. È un sentimento passeggero, credimi, ed è impossibile da trattenere, però in questo modo saprai che esiste. La piena felicità esiste davvero.»

Questa è la terra delle tende gonfiate dal vento, del suolo che esala profumi indecifrabili dopo le piogge, la terra della brezza marina che soffia impossibile anche a trecento chilometri dalla costa, la terra delle libertà, dove camminare su una strada deserta, sconosciuta e male illuminata a notte fonda è dolce come percorrere la via di casa.

Forse perché questa è la via di Casa.

Respiro a pieni polmoni, spalanco le braccia oltre il finestrino, invoco il cielo e le stelle. Per un momento, forse perfino per un'intera serata, anche se non tutto è perfetto, ogni cosa è al proprio posto.

Già, ho smesso di credere nel destino. Era un'idea invalidante, e tarpava il mio desiderio di cambiare le cose. Così, emancipandomi dal concetto di predestinazione, questo desiderio è divenuto una promessa, e poi un voto. Il mondo è un luogo ingiusto, ma posso, e dunque devo, combattere per esso.

«Se non saremo noi a farlo» sussurro scribacchiando, «nessun altro lo farà.»

Sto aspettando che i ragazzi tornino da scuola. Il caldo è torrido, l'aia immobile anche nel tardo pomeriggio. Joshua è a un incontro con il sindacato, Sushila cerca rifugio dalla calura all'ombra della sua piccola casa.

Colto dall'attimo di noia, lascio che la mia penna vaghi sulla pagina, disegnando i contorni frastagliati di un campanile, di un tramonto, di un cimitero all'orizzonte.

È il campanile della mia cittadina natia, e il tramonto, incantevole, arancio, albicocca e pesca insieme, accende il cielo dove le nubi si stemperano all'orizzonte.

Quando vivevo lì, parcheggiavo la decrepita Mercedes coupé di mio padre davanti al grande albero. Era il mio posto, un angolo di campagna appena fuori città, dove i terreni coltivati dominavano la pianura in ogni direzione e la strada era uno spago che collegava un paese al suo vicino. Un piccolo cimitero si staglia silenzioso sullo sfondo dei miei ricordi, bagnato dal crepuscolo estivo.

La sua pelle sapeva di sapone e di vento tra le spighe di frumento.

Potrei dire che quella tra me e lei era una storia nata

nella nostra infanzia, e non sarebbe del tutto sbagliato. Dovrei però specificare che, mentre per lei io ero con ogni probabilità niente più che l'amico del fratello maggiore, lei appariva ai miei occhi come un elfo biondo e malizioso che sapeva sempre come ottenere quello che voleva, grazie a capricci e urla o alla ben giocata carta della bimba in lacrime.

Una creatura degna d'interesse, già allora, non c'è dubbio, e insieme fonte di notevole irritazione quando ai tempi il sottoscritto, un bimbo di otto anni, avrebbe solo desiderato giocare in santa pace ai videogiochi.

Oh, e d'estate era solita girare nuda intorno alla piscina.

Fu grande la mia sorpresa quando, incontrandola di nuovo dieci anni più tardi, mi trovai davanti una giovane donna posata nei modi e misurata nella voce, quasi che il folletto pestifero che era stata una volta avesse frequentato un corso di bon ton dove le avessero limato gli artigli e pettinato la criniera dorata.

In più, lei danzava, ed era un incanto.

«Ti amo» sussurrava tra i baci quella sera, prima della mia partenza.

Io non sapevo rispondere. Sebbene mi trovassi lì davanti a lei, ero lontano anni luce.

Non ero certo un cavaliere senza macchia, ed ero a mio modo egoista. Tenevo a lei, forse l'amavo perfino, ma amavo di più il mondo e il mio ruolo in esso. Mi dicevo che non doveva durare per sempre perché ne valesse la pena, eppure sapevo che il suo posto non era tra le mie braccia.

Da ragazzino avevo aspirato a sistemarmi, sposare la fiamma del liceo, avere gemelli belli e biondi, comprare una piccola casa, il frigorifero e dei soprammobili. Trovare un impiego che mi permettesse di veleggiare sereno verso la vecchiaia. Desideravo guardare indietro alla mia vita, le rughe a incresparmi il sorriso, e riconoscere che, nel bene e nel male, mi ero ritagliato il mio angolo di felicità.

Ora voglio di più. Voglio una donna che sappia tenermi testa, un indomito spirito che mi sproni a essere la migliore versione di me stesso; voglio adottare, perché conosco in prima persona il bene e il male che si può fare a un bambino, e come questo cambi totalmente la sua vita; voglio un impiego riccamente retribuito, ma a livello di soddisfazione personale.

La felicità non è tutto – ecco, l'ho detto. La grandezza delle mie azioni, il loro apporto positivo sul mondo, la consapevolezza che tenterò di migliorare la vita di chi è sfortunato per nascita o per circostanze con tutto il fiato che ho in corpo: questo è il mio obiettivo, e non accetterò un no come risposta.

Le grida dei piccoli si levano dal sentiero tra i manghi. Il campanile e il cimitero e anche gli occhi verdi di lei svaniscono, il fantasma di un passato vissuto a metà spazzato via da un presente vissuto appieno. La strada sarà solitaria, lo so bene, ma io non sarò mai da solo.

Ho trovato l'amore a Dayavu Home. Il vero amore, alla fine. Ho trovato l'amor proprio, l'amore per una causa più grande di me e l'amore per i miei fratelli. Questo mi ha reso libero.

Ripongo il taccuino e mi alzo per dare loro il benvenuto. Gowtham, nonostante le gambe corte, è il primo ad arrivare correndo, e inizia a raccontarmi la sua giornata, come di rito. Ma devo fermarmi perché Muthu arriva di gran carriera, apre le braccia appena in tempo e mi salta al collo, stringendomi con tutta la sua forza di bambino. Mi stringe così forte che ho la certezza che sia il primo e unico abbraccio della sua vita. In questo momento imparo la cosa più importante di questi miei quattro anni a Dayavu Home, una cosa che nessun altro ti dirà: l'amore è essenziale, ma non basta. Devi esserci. Devi crederci. Devi compiere una scelta e fare sacrifici e arrivare fino in fondo. A volte esserci è tutto, e così con la mia presenza permetto loro di vincere la battaglia con la vita, e la battaglia per la vita. L'amore è l'inizio e la fine di tutte le cose ma, perché sopravviva, la volontà, il sacrificio e una destinazione sono necessari. Senza, come una pianta priva di nutrimento, l'amore avvizzisce e muore.

Ho smesso di credere nel destino ma, questo è certo, credo nella capacità umana di plasmare la sorte. Me l'hanno insegnato loro, i miei fratelli.

«Com'è andata la giornata?» chiedo, con Gowtham, Muthu e altri cinque bambini intorno.

«Bene» risponde Muthu, «abbiamo visto un film.»

«Che film?»

«Non ne ho idea.»

«Un buon inizio. Di cosa parlava?»

«Di una bambina persa in una tempesta e un robot e un mondo che sembrava l'America ma non era l'America.»

«Ti è piaciuto?»

«È stato interessante» risponde scrollando le spalle. «C'era un...»

«Aspetta» lo interrompo, «"interessante" è una non-parola, lo sai. Descrivimelo, mostrami il film.»

Muthu si ferma a riflettere. «La bambina era bella» dice, «e la natura *rigogliosa*, ma mi ha fatto sentire contento di vivere qui.»

«Perché?»

«Perché qua non ci sono tempeste.»

Poi arrivano i grandi, due dei quali stanno dando gli esami di Stato e tre dei quali sono già all'università. Li ho visti crescere e sono cresciuto con loro.

Farei di tutto per proteggerli.

Molti dei nostri donatori hanno l'impressione che, lavorando con i bambini, io sia un'anima pia, un buono d'indole e una persona irrimediabilmente innocua, e forse hanno ragione, il più delle volte... ma, all'idea che qualcuno possa fare del male ai miei ragazzi, i miei pensieri si tingono di nero. Ecco, solo in un caso così non sarei affatto come i donatori m'immaginano.

Questa è la mia famiglia, e sono disposto a tutto per tenerla al sicuro. Diventerei cannibale se qualcuno provasse anche solo a sfiorarli. Dunque, se stai pensando di fare loro del male, ti consiglio di fare molta, molta, molta attenzione.

Aprile 2017

Un giorno di aprile grandina.

Inizia con qualche benaccetta goccia di pioggia durante l'ora dei compiti, ma presto si trasforma in una tempesta di proporzioni magistrali. Chiudiamo tutte le finestre del nuovo dormitorio per impedire all'acqua, che entra a secchiate, di allagare la stanza. Radunati sull'uscio, ascoltiamo l'ululo forsennato del vento, osserviamo il cielo farsi nero d'improvviso, le fronde degli alberi scosse dalla potenza del ciclone.

Non ho mai visto nulla del genere, e nemmeno i ragazzi. I chicchi di ghiaccio sono grandi come sassi e rimbalzano a terra lasciando piccole impronte nel fango. Quella che potrebbe essere una doccia ristoratrice per i campi, diventa la fine di molte coltivazioni già sofferenti.

Quando la tempesta finisce, la sera cala fresca e leggera sulla foresta. Parte dell'uva che abbiamo coltivato con tanta cura, scopriamo il mattino dopo, è stata danneggiata dalla grandine.

Camminando tra i campi di Dayavu Home, ripenso a quattro anni fa, quando in primavera le piante ci hanno dato manghi e *nellikai* e limoni e gelsomini e perfino fagioli in quantità. Ora è tutto finito. I campi, tuttavia, non appaiono desolati, sembrano solo in attesa.

Joshua non è scoraggiato, è furioso. Si chiede come il governo possa ancora ignorarli, nonostante il numero di contadini che ha firmato la petizione per la costruzione del lago.

Di sera, i miei tentativi di distrarlo con pettegolezzi su questo o su quell'abitante del villaggio sono tutti inutili. «La raccolta fondi di quest'anno ha dato buoni risultati» dico allora, andando al sodo, «ma non abbastanza da mandare quindici bambini a scuola e cinque ragazzi all'università.»

«Troverai un modo» ribatte Joshua, sovrappensiero, «lo trovi sempre.»

Annuisco, rincuorato. «A dire la verità, l'ho già trovato.»

«Sono tutt'orecchi.»

«Ho una nuova storia da raccontare.»

«Quale?»

«La nostra.»

Joshua si gratta il mento e mi fa un cenno del capo. Poi torna a guardare in lontananza.

Magari non so chi sono, ma so chi voglio diventare.

10

Se una notte d'estate un sognatore

Il mondo è un bel posto e per esso vale la pena di lottare.
ERNEST HEMINGWAY

Aprile 2017

Una notte di aprile Joshua riceve una telefonata preoccupante.

«Sali in macchina» dice, «non c'è un minuto da perdere.»

Mette in moto la Sumo. Davanti agli sguardi sconcertati dei ragazzi e di Sushila, attraversiamo i cancelli, il vecchio fuoristrada spinto al massimo della velocità.

«Era Seba» spiega Joshua, gli occhi inchiodati sulla strada.

Seba è stato uno dei nostri ragazzi. Due anni prima, quando i suoi genitori avevano risolto i loro problemi personali, era tornato a casa. Una storia a lieto fine.

«Cos'è successo?»

«Non lo so, ma è urgente. Sua madre sta male, e noi siamo gli unici ad avere la macchina in questa zona.» La maggior parte dei contadini che vivono ai margini della foresta si sposta in moto.

Dopo dieci minuti di guida spericolata sul sentiero dissestato, Joshua si ferma davanti a una capanna, e io scendo ad aprire le portiere.

Rischiarato dai fasci di luce delle torce elettriche, un gruppo di persone trasporta una donna. Il suo volto è cinereo, esangue. Tra le braccia dei contadini, la madre di Seba giace come un peso morto.

La caricano sul retro della Sumo, mezzo seduta e mezzo sdraiata sullo schienale dei sedili posteriori. Seba, che ho visto di rado da quando se n'è andato, si siede accanto a lei. La luce nei suoi occhi, i suoi movimenti, il suo silenzio, tutto rivela un terrore senza nome.

Joshua, il sudore a rigargli il viso, accelera sulla strada principale come mai gli ho visto fare.

Nessuno parla nei trenta minuti di viaggio che ci separano dalla città di Dindigul. La Sumo è piena di persone, ma nessuno fiata. Solo Seba, il volto vicino a quello della madre, le sussurra all'orecchio.

Distolgo lo sguardo.

Parcheggiamo davanti al pronto soccorso di un piccolo ospedale dai muri verde scuro, dove le infermiere sono lente a trovare una barella, una semplice superficie di metallo su ruote. L'ultima scena che vedo girandomi è la madre di Seba spinta lungo il corridoio del reparto, e lui che le tiene la mano.

I ricordi esplodono nella mia mente.

Un ospedale. L'odore di aceto. L'immobilità di chi non ha la forza di muoversi. L'odore dei fiori appassiti. No, non sono disposto a ricordare, non qui, non ora.

Respingo le memorie, e Joshua mi offre un tè a un chiosco vicino.

Bevo senza sentire alcun sapore, senza accorgermi che mi sto ustionando la lingua. Sono un fascio di nervi. Sediamo nella Sumo, in attesa. Poi arriva la chiamata. La madre di Seba, che ha tentato il suicidio, sopravvivrà.

Il sollievo è tale che scoppio a piangere. Sono le loro mani, le loro dita intrecciate, mentre la portano via sulla barella, che non riesco a togliermi dalla testa. Mi asciugo gli occhi con la maglia che indosso e ringrazio qualsiasi forza ci osservi dall'alto.

«Ha tentato di uccidersi a causa della siccità» dice Joshua guidando verso casa. «La famiglia è sul lastrico, i loro campi sono incolti da troppo tempo. Hanno a stento di che mangiare.»

Una volta evaporata l'apprensione, vedo nei suoi occhi una risolutezza nuova.

Il giorno seguente, Joshua ritira dall'ospedale il certificato di ricovero della madre di Seba e indice un incontro straordinario dei membri del sindacato.

Sono presente.

Gli anziani dei villaggi vicini sono perlopiù uomini di mezza età invecchiati prematuramente, zazzere sale e pepe, le braccia sode dei lavoratori, le costole esposte di chi mangia poco e male, i ventri prominenti tipici di chi fa colazione, pranzo e cena a base di solo riso. Alcuni fumano, altri battono i piedi a terra nervosi, a ritmo.

La tensione nella stanza è palpabile, quello che Joshua propone di fare è senza precedenti. «Dobbiamo protestare» ripete vedendo l'esitazione degli altri. «È l'unico modo perché il governo ci presti attenzione. Non possiamo aspettare che la situazione degeneri oltre, o la morte dei nostri amici e conoscenti sarà anche nostra responsabilità. Dobbiamo fare in modo che ci stiano a sentire.»

«Come possiamo pensare di opporci al governo quando alcuni di noi non sanno nemmeno scrivere?» chiede un uomo calvo, le gambe magre accavallate, una *bidi* fumante tra le lunghe dita.

«Anche i poveri hanno il diritto di protestare» ribatte un altro, il *lungi* bianco legato appena sotto la pancia. «Non saremmo certo i primi.»

«Sì, nei film» replica un terzo, ma nessuno ride. Così aggiunge: «La gente protesta uccidendosi, questo è l'unico modo per attirare l'attenzione del governo».

«E noi abbiamo già iniziato, a quanto pare.»

Joshua annuisce, grave. «Per quanto tristi siano le circostanze, dobbiamo considerare la situazione con praticità. Dobbiamo agire ora.»

Molti dei contadini che hanno firmato la petizione non trovano il coraggio di opporsi al governo, forse per paura che i funzionari corrotti li prendano di mira durante le ispezioni, forse perché, dopo anni a sentirsi dire che cambiare le cose è impossibile, hanno finito per crederci. Altri però, e si tratta di un numero considerevole, si mobilitano e organizzano la protesta.

Pochi giorni dopo l'ospedale dimette la madre di Seba, che torna ai suoi campi incolti, e un nutrito gruppo di contadini incazzati si presenta davanti agli uffici statali di Dindigul, esigendo di essere ascoltato.

La scena è impressionante, tutta questa gente a intasare i corridoi di un luogo già di per sé sovraffollato, ma il tocco di grazia, e Joshua ne è ben consapevole, è la presenza dei ragazzi. Vestiti di tutto punto, accanto a me si raccolgono venti bambini e adolescenti, il più piccolo alto fino al mio ombelico e il più grande alto ormai più di me. Giornalisticamente parlando, lo so, questo è un evento impossibile da ignorare.

Restiamo al caldo di quegli uffici tutto il giorno. La camicia di lino che indosso m'irrita la pelle, l'aria puzza del sudore di una moltitudine di uomini in dissenso, ma l'atmosfera è carica di un'energia che bevo fino a ubriacarmene. Per i ragazzi è uno spasso, oltre che un'occasione, ovviamente, per saltare la scuola.

Ce ne andiamo in silenzio, tuttavia, senza celebrare, quando chiudono gli uffici per la sera. Nonostante l'euforia della protesta, il ritorno sembra quasi una ritirata. Impossibile dire se abbiamo trionfato o fallito. Forse in situazioni tanto complesse non può che essere sempre un po' dell'uno e un po' dell'altro.

Mi laureo. Dopo un'estenuante sessione finale di esami, discuto la mia tesi, un'analisi della responsabilità del pubblico in relazione alla mistificazione dei media. Presento la guerra in Iraq e il fenomeno del volunturismo per mostrare come le menzogne colpiscano non solo chi le dice e chi se le beve passivamente, ma anche milioni d'innocenti nel mezzo.

Dopo tre anni di crescita, esami e sacrifici, ho chiuso con quell'accademia militare che è stata la mia università. Ho fatto i salti mortali per barcamenarmi tra l'erculea mole di studio e il volontariato a Dayavu Home, facendo la spola come una trottola tra i due poli dell'India.

Per tre anni, durante la settimana, ho avuto accesso alla migliore educazione del Paese, vestito in modo curato, all'occidentale, in classi insonorizzate e climatizzate, per poi nel weekend dormire a terra, i piedi impolverati, con periodiche interruzioni di corrente. Ho vissuto nello stagnante inquinamento, nel clamore e nel bagliore di una metropoli, ma anche in un'oasi di pace incorniciata da una foresta, le cicale a colmare il silenzio e il profumo dei gelsomini nell'aria. Ho condiviso il percorso di studi con la *crème de la crème* della gioventù indiana, osservandone le stravaganze e gli eccessi, per poi disintossicarmi grazie al sorriso dei miei bambini. L'ho odiata, l'ho amata. L'università ha fatto di me un giornalista più determinato di quanto avessi mai sperato di diventare. Attraverso innumerevoli nottate trascorse a girare documentari sulla vita degli spazzini o scrivendo saggi sull'etica giornalistica, l'università mi ha consegnato gli strumenti – martello e scalpello – per riconoscere, analizzare e denunciare le violazioni dei diritti umani che troppo a lungo il mondo ha lasciato passare sotto silenzio.

Varco i cancelli di questo istituto un'ultima volta,

pronto a diventare la voce degli innocenti e degli oppressi, e a mettere in discussione le ostinate convinzioni di chi, me incluso, crede di sapere, ma è sempre stato ingannato. Dopotutto, se sai metterti in discussione, spesso sei anche disposto a mettere in discussione ciò che è sbagliato intorno a te, e a cambiarlo. Se puoi aiutare, direbbe Priya, è tuo dovere farlo.

Anche dopo la protesta, la risposta del governo tarda ad arrivare. Inganno l'attesa gustando i manicaretti di Karthick e Baskar, i nostri studenti di cucina, che ci usano come cavie per i loro esperimenti. Sebbene i due ragazzi non siano mai pienamente soddisfatti delle loro creazioni, nessuno di noi se ne lamenta.

Per festeggiare la mia laurea, Baskar decide di preparare il *chicken 65*, un famoso piatto del Tamil Nadu. Deve recarsi a Dindigul, la città più vicina, per trovare gli ingredienti. Colgo l'occasione e mi aggrego alla caccia: ho deciso di preparare la pizza.

Prendiamo l'autobus nel tardo pomeriggio, una volta scemata la calura diurna. I trenta minuti che collegano il villaggio alla città trascorrono senza che ce ne accorgiamo, il vento a gonfiarci i vestiti mentre io racconto a Baskar dei miei studi e lui a me dei suoi.

Dindigul si staglia davanti a noi con l'usuale fracasso di clacson e venditori di strada, ma qui Baskar è di casa, e passa attraverso la folla senza battere ciglio. L'aria odora di cardamomo e urina.

Impieghiamo due ore a trovare l'unico negozio che venda formaggio. Non ho contante, così dobbiamo avventurarci di nuovo in strada e cercare un bancomat. La demonetizzazione, un'operazione governativa mirata a combattere il riciclaggio di denaro, ha prosciugato il Paese di contanti, lasciando l'economia rurale in uno stato catastrofico. Dopo mezz'ora di vagabondaggio, troviamo un sportello funzionante e, vittoriosi, torniamo al negozio. Compriamo il tanto sospirato formaggio: sottilette.

Una volta a Dayavu Home, devo ingegnarmi per cuocere la pizza senza forno. Escogitato un modo, faccio squadra con i bambini per la preparazione. Vogliamo dare la serata libera a Sushila, che osserva il nostro lavoro e ride.

Prepariamo impasto e salsa a sufficienza per venti bambini e poi cospargiamo la nostra prima creazione di formaggio. La cuociamo. È un disastro. La salsa e il formaggio si mescolano e l'impasto li assorbe: sembra una palude melmosa, non una pizza.

Facciamo un secondo tentativo, e bruciamo tutto. Devo lasciare il cucinino perché c'è troppo fumo. Fuori, i piccoli attendono speranzosi. Mi faccio coraggio e rientro, dove i grandi si asciugano la fronte, gli occhi seri, come chirurghi alle prese con un triplo bypass. Abbiamo affrontato sfide notevoli negli ultimi quattro anni, ma questa, al momento, pare la più grande.

Il terzo tentativo, finalmente, è passabile. I piccoli saltano dalla gioia mentre distribuiamo i tranci. Certo, i puristi della cucina si farebbero il segno della croce davanti alla nostra creazione, eppure sospetto che anche il loro cuore si scioglierebbe un poco vedendo la felicità sui volti dei bambini che mangiano la pizza per la prima volta.

La mia pizza è l'incarnazione di un aborto culinario, ma i miei fratelli ne amano ogni singolo boccone, e questo è ciò che importa. Così è la vita. Non è facile, non è perfetta, ma ne vale la pena.

La madre di Karthick, nonostante le accorate minacce, torna a trovarlo. Dopo un anno di assenza, un giorno si presenta ai nostri cancelli, pronta ad accettare la sua scelta di studi. Piange durante la riconciliazione, un momento che madre e figlio condividono in piedi, vicini, senza sfiorarsi, in silenzio. Dopotutto, mi dico, Karthick non dovrà aspettare di aprire un ristorante per ritrovare l'amore materno.

Muthu non perde occasione per starmi accanto. Durante la preghiera fa a gara con gli altri per sedersi vicino a me, durante i compiti finge di non sapere la pronuncia delle parole perché io lo aiuti, e la sera è sempre l'ultimo ad augurarmi la buonanotte. Se qualcuno mi saluta dopo di lui, con noncuranza finge di non averlo ancora fatto.

«'notte» dice. Lo dice nella mia lingua, come gli ho insegnato.

Alza ancora le mani sui suoi fratelli ma, visto che mi sta sempre appiccicato, riesco a sedare le schermaglie abbastanza in fretta. La speranza è che, a forza di spiegargli che picchiare gli altri è sbagliato, perda l'abitudine.

Già, pia illusione.

Ho sempre saputo che non tutti gli orfanotrofi sono Dayavu Home, e anzi, che molti sono luoghi tremendi per i bambini ospitati, ma nel mio piccolo mi basta pensare che se i miei ragazzi sono felici, allora va tutto bene. Muthu però è la prova vivente di quanto sia dura la realtà oltre i cancelli della nostra casa.

Crescere significa barattare un'oncia della mia speranza per una di conoscenza, e riconoscere che i miei ragazzi, per quanto felici siano, avrebbero una vita migliore con una famiglia d'affido o, ancora meglio, adottiva. Il punto è che, semplicemente, in India come in gran parte del mondo, questo non è possibile. La burocrazia e gli interessi economici – e, sopra ogni altro fattore, la mentalità della gente – impediscono a molti bambini di trovare una famiglia capace di amarli. Non è facile per me scendere a patti con questa consapevolezza. Dopotutto, il fine ultimo della verità non è la gioia, ma la giustizia.

Ciò che posso fare, per ora, è dare la buonanotte a Muthu, fargli sapere che stanotte ci sarò, se si sveglierà.

Non si sveglia, però. Anzi, sembra faccia sogni d'oro.

Tornando da scuola, il giorno dopo, i ragazzi sono entusiasti. Il governo del Tamil Nadu ha indetto la chiusura anticipata delle scuole dell'intero Stato per via della siccità. Certo, gli studenti sono al settimo cielo, ma questa decisione senza precedenti rivela la portata del problema.

I piccoli, quelli che hanno una famiglia, una nonna, una zia, un genitore ancora in vita sparpagliati nei distretti vicini, si preparano a passare qualche settimana con loro. I grandi, invece, che dopo anni in orfanotrofio hanno perso i contatti con i parenti, rimarranno.

Ce ne stiamo dunque, io e i grandi, distesi a terra sulle stuoie, nel dormitorio nuovo, a guardare pigramente film horror sul mio portatile, sera dopo sera. La placida oscurità profuma di gelsomini, anche se in realtà è impossibile, perché i gelsomini sono seccati. Ma ho smesso di pormi domande sulle dolci stranezze di Dayavu Home, imparando ad accettarle come i doni di una natura antica, incontaminata dal progresso, e dunque magica, a suo modo.

Lo schermo del mio telefono s'illumina. Dhakshina mi sta chiamando. Fermo il film, rispondo e metto in vivavoce.

«Ehi» dico, «indovina chi c'è qui con me.»

«Amico» taglia lui, «ho una notizia fantastica.» La sua voce è elettricità pura.

«Spara.»

«Vado a Londra.»

Silenzio.

Yugin sorride, sbigottito e confuso.

«Vai a Londra?» lo incalzo.

«Ho trovato un contatto tra le persone che lavorano con me. Mi hanno preso come supervisore in un supermercato indiano. Hanno detto che gli serviva uno giovane che non cercasse un salario particolarmente alto, e io ho accettato.»

Sono senza parole. Non dico nulla.

«Lo so, non è un grande impiego» continua, «ma mentre lavoro lì posso cercarne uno migliore.»

Silenzio. Solo il ventilatore nel nuovo dormitorio osa fiatare.

Poi urlo. Urlo a squarciagola, e i ragazzi con me, tanto che Sushila si precipita a vedere qual è il problema.

«Questa è la notizia migliore che potessi darmi, la migliore nel giro di settimane!!!»

Parliamo a lungo, poi passo il cellulare agli altri. I ragazzi lo sbeffeggiano dicendo che è troppo basso e che lo schiacceranno nella metro di Londra, ma so che sono felicissimi per lui.

«Aspettiamo a cantare vittoria» dice Dhakshina quando riprendo il telefono. «Devo ancora fare il passaporto e ottenere il visto, e risparmiare abbastanza da permettermi il biglietto aereo.»

«Ma ce la farai.»

«Ci puoi giurare.»

Rido alla sua naturale irriverenza. «Farai grandi cose, Dhakshina.»

«Grazie, amico.»

Viene il giorno della partenza di Karthick per uno stage universitario in un prestigioso hotel dello Stato del Karnataka, dove rimarrà per mesi e mesi. È la prima volta in quattro anni che lo vedo piangere.

Questo è il suo primo vero viaggio e la prima volta che starà lontano da noi tanto a lungo. Karthick è, tra i nostri ragazzi, quello che ha vissuto a Dayavu Home più a lungo: quasi un decennio in orfanotrofio.

«Mi mancherai» dice.

E anche lui mancherà a me: questo ragazzo non è solo un orfano, è uno dei miei più cari amici.

So che Karthick si trova a disagio con il contatto fisico o le dimostrazioni d'affetto. Non li disdegna, ma non sa come gestirli. Gli stringo la mano, nient'altro. A volte rispettare la fragilità di chi ami significa non imporre loro le tue emozioni.

Così Karthick parte, e io gli auguro il meglio che la vita possa offrire. Gli auguro grande coraggio, felicità e cambiamento. Soprattutto cambiamento, per se stesso e per chi ama.

Karthick, fratello mio, che ho visto crescere, sempre con il sorriso in volto, pronto alla battuta, mai in preda all'ira, possa il mondo sorriderti.

Noi ci siamo, e ci saremo sempre.

Viene anche il primo giorno di università di Antony e Kesevan, e l'aria mattutina è frizzante, carica di bollicine e aspettative. È chiaro che, mentre Kesevan è più sicuro della sua decisione, Antony invece è sulle spine: impiega il doppio del tempo a farsi la doccia, a vestirsi e pettinarsi.

«Il grande giorno» dico passandogli la crema che si usa per schiarire la pelle prima delle occasioni importanti. «Eccitato?»

«Sì» risponde, senza guardarmi negli occhi.

«Andrà tutto bene. L'università è molto meglio della scuola, promesso.»

Alza il capo, lo riabbassa.

«Ce la puoi fare» continuo.

«Già.»

Sospira.

Si siede ad allacciarsi le scarpe. «Sei sicuro?» chiede.

«Sì» rispondo, senza esitazione.

«No» m'incalza, «sei sicuro?»

«Di cosa?»

Non risponde.

«Di cosa?»

«Di tutto.»

«No, Antony, non lo sono.»

Lui alza lo sguardo. Ha il sole in volto, e deve socchiudere gli occhi.

«Ma questo è il punto» aggiungo sporgendomi verso di lui, «nessuno lo è. Nessuno al mondo.»

Lui riprende ad armeggiare con i lacci delle scarpe nuove, nere e lucidissime.

Resto dove sono, un senso d'incompiutezza infesta i miei pensieri.

Antony rimane per un po' chino sulle scarpe, tanto che mi chiedo se quello non sia per caso il primo paio che ha mai posseduto. Poi si alza: indossa un paio di pantaloni neri, una camicia bianca, e negli occhi la luce dei ragazzi che hanno visto troppo, ma anche troppo poco.

«Pronto?» chiedo.

«No» risponde, con semplicità.

Ci abbracciamo. È un abbraccio imbarazzato, quello di due persone cresciute insieme e per questo non abituate alle dimostrazioni d'affetto, ma ricambio la stretta, e posso sentire il bambino stringermi attraverso le braccia del ragazzo.

Ci separiamo e lui sorride com'era solito fare un tempo, cauto all'inizio, e radioso poco dopo. Si tocca il cuore, e indica il mio, si preme il pugno contro il petto, prima il suo e poi il mio. «Cambia, se devi, ma mai qui» dice. E inizia a camminare.

Sì, le sue battaglie sono lontane dalla fine. La sua strada sarà punteggiata di nuove lacrime, sangue e delusioni, proprio come lo sarà la mia. L'ombra che lo segue da sempre lo accompagnerà nel suo cammino. Forse è un dono di sua madre, di suo padre, di suo nonno, o forse è nata con lui ed è parte di lui. Forse la sconfiggerà, ma più probabilmente imparerà a conviverci, e così a perdonare se stesso. Non lo facciamo tutti, presto o tardi?

Alla fine arriva sempre, nella vita di ogni uomo e donna, il momento di riconoscere che non esistono risposte giuste, ma solo le giuste domande.

A mezzogiorno, pochi giorni dopo, la vecchia motocicletta verde sgasa nell'aia sferragliando, e Joshua smonta con il suo passo saltellante.

Lo trovo piegato sul lavandino all'aperto, una salvietta sulle spalle e Rosie a spalmargli sui capelli un colorante naturale preparato da Sushila.

«Ho una buona notizia» dice Joshua, e dalla scintilla nei suoi occhi non ho dubbi, so di cosa parla.

«Hanno approvato il lago» dico, incredulo.

«Hanno approvato il lago.»

«Hanno approvato il lago!»

«La lettera è arrivata stamattina. Il governo è disposto a spendere oltre tre milioni di rupie per la costruzione di un lago della dimensione di sei acri.»

«Insomma» concludo, «avremo una piscina.»

Alzo le braccia al cielo e lui fa lo stesso. Sembra il momento giusto per un abbraccio, ma ci stringiamo la mano ridendo di puro gusto, e tutto va bene. Non so se vedrò mai il lago diventare realtà ma, almeno per ora, tutto va bene.

Torno nel nuovo dormitorio e recupero lo zaino verde, il mio più vecchio compagno di viaggio, che giace sventrato, abbandonato in un angolo. Ho ancora del tempo a disposizione con i miei ragazzi, almeno fino al ritorno dei piccoli, ma devo affrontare il fatto che si avvicina, per me, il momento di andare. Piangerò, è proprio da me, ma non sono triste. Mi mancheranno terribilmente, ma so di non lasciarmi nulla d'incompiuto alle spalle. Dopo quattro anni passati insieme, la vita di questi bambini è migliore.

Durante la mia prima missione a Dayavu Home, Joshua era costretto ad accettare volonturisti per racimolare tre euro al giorno. Allora anche solo immaginare di mandare Dhakshina all'università sarebbe stato impensabile. Ora, invece, l'orfanotrofio fiorisce e, grazie alle donazioni raccolte online, i bambini hanno accesso all'istruzione.

Negli ultimi anni ho imparato così tante cose che faccio fatica a crederci. Ora so insegnare, e non riversando mere nozioni nel cranio degli studenti ma ponendoli al centro, valorizzandone le individualità e le peculiarità. So gestire progetti di volontariato, raccogliendo fondi e, più di ogni altra cosa, sensibilizzando i lettori a difficoltà in apparenza lontanissime dalle loro; ho imparato a creare, a creare per gli altri. E ho imparato a raccontare. E ora è mio dovere usare il mio seppur limitato potere per aiutare quanti più bambini in difficoltà mi sia possibile, ovunque nel mondo.

Presto l'intera zona rinascerà grazie al lago. Famiglie come quella di Seba cesseranno di soffrire a causa della siccità e vedranno i loro orti e i loro frutteti mettere foglie nuove, e dare nuovi frutti. Gli animali torneranno a popolare la foresta, e gli alberi cresceranno per proteggerne la prole.

Mi appoggio alla finestra del dormitorio e osservo, oltre la recinzione, il punto in cui si estenderà il lago. «Un giorno» sussurro, «Dayavu Home sarà indipendente, anche da me.» Un gran sorriso mi si disegna sulle labbra.

E poi incontro Iopig. Lo trovo sulla mensola di Pradap, incastrato sotto una pila di quaderni. Iopig è il maiale di gomma che ho portato con me durante la prima missione. Iopig rappresenta tutto ciò che ero stato, e ora mi guarda, il grugno suino beffardo puntato contro di me, in attesa che io dica qualcosa. È invecchiato, noto, usurato per i tanti giochi di cui è stato vittima e protagonista.

«Che avventure hai vissuto con i ragazzi, eh, vecchio mio?» chiedo.

Iopig non risponde. Ricambia il mio sguardo con quei suoi occhietti a palla.

Scuoto il capo. Cosa mi aspetto, dopotutto, da un giocattolo di gomma?

«Sei ingrassato» dice poi.

«Non è vero.»

«Sì, invece.» Il suo grugno di gomma è amichevolmente insolente.

«E a te manca un orecchio» rispondo.

«Wow» scherza Iopig, «non c'è bisogno di andare sul personale.»

«Non prendertela, ti dona. Ti dà quest'aria da duro.»

«Be', non hai idea di che avventure ho vissuto.»

«Già.» Sorrido.

«Ho sentito che non credi più nel destino.»

«Non credo nel destino» confermo aprendo le braccia. «Ma farò in modo che il destino creda in me.»

Iopig grugnisce. «Quindi pensi di essere arrivato a destinazione, giusto? Credi di avercela fatta, insomma.»

«Oh, vecchio mio, al contrario, non potrei essere più lontano dalla meta. E questa è la parte migliore.»

«Hai sempre avuto questo difettuccio del filosofeggiare, non è così?»

«Temo di sì» rispondo, «ma mi sto facendo curare.»

«E ora?»

«Ora cosa?»

«Che fai, lo gnorri? Non sarai sempre il solito scaramantico?»

«Ora facciamo un altro passo...»

«Io resto qui» m'interrompe, preoccupato.

«Niente in contrario.» Ridacchio. «Mi fa piacere, se resti.»

«E tu?» chiede.

«E io?»

«Ci risiamo.»

«Io darò la mia voce a chi non ne ha. Farò la mia parte.»

Iopig non parla. Tra noi cala un silenzio vagamente imbarazzato.

«È meglio che vada, ora» dico.

«Sì, devi.»

Inizio a camminare.

«Non dimenticare, ok?»

«Non c'è rischio. Sono uno scrittore, è mio dovere ricordare le cose. E poi» aggiungo, «mi piace troppo il cioccolato.»

«Il cioccolato?»

«Fa bene alla memoria, così dicono.»

«Buono a sapersi» replica, evidentemente poco interessato ai cibi umani.

Prima di uscire dal nuovo dormitorio, reclino la testa davanti alla fotografia di Dayavu appesa alla parete, e ringrazio. Poi, fermandomi sull'uscio, mi volto.

«E tu, Iopig? Chi sei? Chi vuoi diventare?»

Giugno 2017

Sono passati quattro anni. Quattro anni da quando ho detto no.

No a una vita che non mi appartiene.

No a ciò che la gente si aspetta che faccia.

No ad accontentarmi del poco che la società è disposta a concedermi.

Sono passati quattro anni da quando ho detto sì.

Sì a una vita colma di significato.

Sì alle mie aspirazioni, alle mie ambizioni e ai miei sogni, tutti quanti.

Sì a questi venti esseri umani bonsai.

È giugno, i piccoli sono tornati. L'aria è di nuovo piena di grida infantili, il dormitorio disseminato di biro e fogli di quaderno, il campo da gioco punteggiato di piedi nudi coperti di polvere.

«Cosa devo scrivere?» chiede Gokul.

«Quello che vuoi» rispondo.

Siamo riuniti nel nuovo dormitorio, biro alla mano.

«Posso scrivere cosa voglio fare da grande?»

«Certo.»

«Io voglio fare il poliziotto» dice Anbu.

«Ottimo obiettivo, ma non devi comunicarlo a me. Scrivilo a te stesso.»

I ragazzi si mettono a scribacchiare. Li vedo immersi nei loro pensieri, i volti quasi premuti sui fogli. Davanti a me, una pagina bianca. Accanto, una scatola di metallo, due lucchetti e due chiavi.

«È una capsula del tempo» ripeto, più a me stesso che a loro. Ho sempre avuto parole in abbondanza, ma oggi non me ne vengono. Ho un nodo alla lingua, e uno zaino pronto alla partenza.

Guardo stranito il bianco della pagina. Guardo loro, li guardo con affetto, intenti a scrivere una lettera al futuro.

Amo la loro capacità di vedermi per ciò che sono, senza aggettivi, senza attributi. Loro non ignorano il colore della mia pelle, mi dico. Semplicemente, ai loro occhi, è irrilevante. Ai loro occhi io non sono bianco o occidentale o privilegiato, sono semplicemente io. A un bambino non importa se indossi Ralph Lauren, se mangi cibi costosi o se hai studiato a Harvard. Amalo, e ti amerà di rimando. Fagli del male, e ti amerà comunque. Questa è la grande bellezza e il profondo orrore dell'innocenza. Spetta a noi decidere se incoraggiare o distruggere, se fare tesoro o gettare nella polvere il nostro futuro.

Santhosh alza gli occhi al soffitto, la lingua sporge sul labbro superiore, come sempre quando si perde nei propri pensieri. Sentendosi osservato, riabbassa lo sguardo. Mi sorride.

I loro sorrisi, penso, mi fanno amare la vita.

«Potete scrivere le vostre speranze e i vostri timori» dico fissando la mia pagina bianca. «Lasciatevi andare, nessuno li leggerà eccetto voi, un domani.»

«Quando?» chiede Clinton.

Alla sua domanda, il mio cuore manca un colpo. «Un giorno» rispondo. Poi aggiungo: «Presto». Non posso fare di meglio.

Soddisfatto, Clinton torna alla sua lettera. È una risposta vaga, la mia, senza dubbio, ma mi sono ripromesso di non mentire mai ai miei ragazzi.

«Trattali come tuoi pari» mi ha insegnato Joshua, «ma tieni in considerazione le peculiarità della loro giovinezza. Non sminuire la portata dei loro problemi e, parlandogliene, non minimizzare la complessità dei tuoi. Ricorda sempre com'era essere loro e, di quando in quando, permettigli di calzare i tuoi stivali e farsi un'idea di come sia essere te.»

La mia lettera è bianca sotto i miei occhi. Dovrebbe essere semplice, per la miseria, scrivere al futuro me stesso, eppure qualcosa m'impedisce di farlo, come se rivolgermi a me solamente non basti. Al diavolo, mi dico, e afferro la biro, appoggio la punta sul foglio, e così il domani si colora intorno a me.

Il dormitorio scompare e i ragazzi svaniscono e anch'io sono sfocato, divento un mero spettatore. Resta solo il terreno rosso, ovunque, e poi l'aia emerge dalla polvere, e il cucinino, e Joshua, ma non è il Joshua di sempre, i suoi capelli sono bianchi, il suo passo dolorosamente lento. Cammina verso il cancello. Il vento soffia lieve portando con sé il profumo di frutti maturi e di ninfee. Accennato, oltre gli alberi che circondano Dayavu Home, il placido suono dell'acqua carezza le coste di un lago.

L'orfanotrofio non appare diverso, ma c'è qualcosa d'inconfondibile che permea ogni dettaglio, dalle foglie sui rami alla luce del meriggio – il Tempo.

Mentre scrivo, passano gli anni.

Joshua attraversa il cancello a piccoli passi e si appoggia al cartello davanti all'entrata, in attesa. Si leva il suono di un motore in lontananza.

Mi avvicino a mia volta, sbirciando.

Un *tuc tuc* si ferma, e ne scendono un uomo e un bambino. Sul volto del primo, una spolverata di rughe agli angoli della bocca, dove si ride, e tra le sopracciglia, dove si pensa; sul volto del piccolo, curiosità e cautela e fiducia.

«Bentornato» dice Joshua, parlando piano.

«È un piacere essere qui, *sir*» risponde l'uomo.

«E questo chi è?» Joshua si piega e fa una faccia buffa.

«Lui è mio figlio.»

Hanno la pelle diversa, quei due, ma lo stesso sorriso.

«Vedi, figlio mio» aggiunge l'uomo, «questo è il luogo in cui sono rinato e cresciuto.»

Sgrano gli occhi, spalanco la bocca.

Quell'uomo sono io.

«Vieni» m'invita Joshua, «ti stanno aspettando.»

I tre camminano lungo il sentiero, costeggiando il vigneto, verso l'aia. Il dormitorio, non più tanto nuovo, li attende, le porte aperte. Li seguo. All'interno siede, chiacchierando in cerchio, un gruppo di uomini, donne e bambini.

«Karthick» dice il futuro me sorpreso, «come va, vecchio mio?»

Karthick, due baffi sale e pepe allungati in un sorriso, si avvicina zoppicando appena. A giudicare dalla pancia tonda, deve assaggiare un buon numero dei piatti che prepara.

«Va tutto bene» risponde, «sei già stato al mio ristorante?»

«Non ho ancora avuto il piacere.»

«Stasera, allora, e offro io.»

Si stringono la mano.

«Ti sei dimenticato del tuo migliore amico?» chiede un altro, avvicinandosi. Indossa una giacca pregiata, una camicia di marca.

«Dhakshina» lo saluta il futuro me, abbracciandolo.

«Sei invecchiato» commenta lui, con un sorriso.

«Tu no, per niente. Non sei cresciuto nemmeno di statura, però.»

«Questo è mio figlio.» Dhakshina spinge in avanti un bambino dagli occhi grandi e le braccia sottili.

«E questo è il mio.»

I due bambini si studiano a distanza.

«E la tua dolce metà?»

«Quale?» chiede Dhakshina, un ghigno malizioso in volto.

«Furfante.»

Antony appare sorridente, silenzioso da un angolo della stanza. Sua moglie è accanto a lui, e così sua figlia. La bambina è graziosa, ha ereditato dal padre le orecchie a sventola e il sorriso contagioso. Il padre attende che il futuro me si accorga di lui. «Guarda chi c'è!» esclama, e si abbracciano, mentre i pargoli si guardano con una punta di curiosità.

«Credo di essermi perso qualcosa dall'ultima volta» dice il futuro me.

«Siediti, ti racconto tutto» risponde Antony, i capelli radi ma in tempesta, come quando era bambino.

Muthu si sistema dal lato opposto e sorride a trentadue denti. «Questa è mia moglie.» Presenta con evidente orgoglio una ragazza che lo accompagna: è splendida, una bellezza dai capelli corvini lunghi fino a metà schiena, la pelle color caramello e una luce a un tempo timida e scaltra negli occhi.

«Piacere» la saluta il futuro me, levando la mano destra, ma poi si blocca, incredulo. «Tutti *questi* sono tuoi?»

Muthu si limita a ridere. Sei bambini di tutte le età gli guizzano intorno, facendo a gara per farsi notare. Uno di loro sembra posare gli occhi su di me, ma è solo un secondo, poi si gira e riprende a battagliare con i suoi fratelli e sorelle.

Pian piano arrivano gli altri. Anche Santhosh è cresciuto, ora è un giovane alto e dall'aria intelligente, e così Yugin, Gokul, Kesevan, Vikram, Rishikesh, Gowtham, Anbu, Vignesh, Pradap, Prakash, Clinton, Baskar, Wilson, Seba e *cinna* Antony, il piccolino: ci sono tutti quanti, e ci si abbraccia, e ci si stringono le mani. La famiglia è finalmente riunita.

Il futuro me porta una piccola chiave al polso. La slega e, tenendola tra due dita, la mostra agli altri. «Pronti?» chiede.

«Sì» risponde Antony. Si fa avanti e infila una mano nella tasca dei pantaloni. Quando la estrae, sul suo palmo c'è una chiave identica. Il futuro me sorride.

Insieme, padri e figli lasciano il dormitorio. Li guardo allontanarsi sulla terra rossa.

Il futuro sbiadisce, il presente riprende il suo posto.

Finisco di scrivere la mia lettera. La piego, la metto nella scatola. Prendo un altro foglio e m'immergo di nuovo. Questa lettera non è indirizzata a me, ma a lui:

> Dio non è bianco, figlio mio, ma c'è chi vorrà fartelo credere. Ti offriranno una vita preconfezionata, ti daranno una bussola guasta per iniziare un cammino preimpostato, e ti diranno che il mondo non si può cambiare.
> Non credere alle loro parole, nemmeno per un istante.
> "Il mondo è tuo" ti diranno, "prendilo, avvicina le mani." Ma lo faranno per ammanettarti. T'incate-

neranno a te stesso con un sistema fatto di scelte già prese e relazioni mediocri e vacanze al mare e divani e mutui da pagare, ti convinceranno a sentirti libero, perché non esiste minaccia alla libertà più grande dell'illusione della libertà stessa.

Loro non sono i politici, le multinazionali o i presunti grandi burattinai del mondo, ma uomini e donne come te e me, che hanno fallito in precedenza o hanno il terrore di farlo in futuro, e quindi ti convinceranno ad accontentarti.

Tu però meriti più di questo – tutti noi meritiamo una vita vissuta appieno. Meritiamo di giocare fino all'ultima delle nostre carte per realizzare il nostro potenziale. Come ti ripeto ogni giorno, se hai un sogno e puoi realizzarlo, è tuo dovere farlo.

La vita oltre lo status quo è splendida. L'amerai quando ti sorride, e crescerai in lei; l'amerai quando ti percuote, e crescerai a causa sua. Tu non sei chi vuoi diventare, tu sei chi credi che diventerai.

Il nostro potenziale è illimitato, ma diventiamo impotenti quando ci arrendiamo e diciamo: "È così", "Che ci vuoi fare", "Così va la vita".

No! Io non lo accetto. Noi possiamo. Io posso. Tu puoi. Noi possiamo.

Smetti di sentirti insoddisfatto, smetti di sentirti inappagato, irrealizzato, smetti di accontentarti di una relazione che sia anche solo un briciolo meno d'incredibile, smetti di studiare qualcosa che ti fa schifo, smetti di leggere questa lettera se non ti pia-

ce, smetti di avere conversazioni noiose con persone prive di scopo.
Se non ti piace qualcosa, cambiala.
Abbandona il bianco per una vita davvero policroma. Quando lo farai, figlio mio, ti chiameranno pazzo. Ti diranno che esageri, che sei troppo passionale, troppo appassionato, troppo intenso, dedito, ossessionato. Non capiranno perché tu sia così, e proveranno a cambiarti, proveranno a estinguere la tua fiamma, proveranno a farti stare zitto.
Non permetterglielo. Non li ascoltare.
Sarà dura, non lo nego. Spesso le cose che contano lo sono. Avere un sogno e cercare di realizzarlo sono le due facce della stessa medaglia, ma questo è ciò che ti renderà diverso dal gruppo. Non sarai immune ai dubbi, però. Sarai insicuro, spaventato e in cerca di approvazione, proprio come chiunque altro. La più grande differenza è che tu, l'approvazione, la cercherai in te stesso.
Imparerai a ignorare i commenti negativi. Imparerai quali voci ascoltare, quali mentono e quali hanno davvero il tuo bene a cuore. Imparerai che i tuoi interessi e i tuoi sogni non sempre coincidono, e che a volte, quando i tuoi interessi significano stabilità e sicurezza, la cosa giusta da fare è quella che nessuno farebbe. La cosa giusta, a volte, è correre il più lontano possibile nella direzione opposta.
Perché sarai anche pazzo, ma sarà giusto esserlo.
Il mondo ha bisogno di più pazzi. Il mondo ha biso-

gno di più passione e desiderio e sogni stravaganti. Il mondo ha bisogno di persone disposte a puntare tutto, a innamorarsi troppo presto, a rischiare e dimenticarsi delle conseguenze, a vivere davvero.

E se ti dicono che hai bisogno di darti una calmata, non lasciarti influenzare. Solo perché non sanno apprezzare quest'energia non significa che nessuno lo farà. Qualcuno ci sarà sempre.

È varcando quei confini che lo troverai.

E poi, oltre quei confini, troverai te stesso.

La scatola è colma di lettere, ora. Sono lettere ai futuri noi, ma sono anche un regalo a noi stessi, oggi: in questo modo, riponiamo la nostra fiducia negli uomini che diventeremo.

Scegliamo un punto vicino al muro e iniziamo a scavare. O meglio, i piccoli saltellano in preda all'euforia mentre i grandi sudano sotto il sole cocente.

A mani nude rimuovo la terra rossa e asciugandomi la fronte guardo la mia Casa, il dormitorio, il muro, i pozzi, il cucinino, i ragazzi.

Mentre scaviamo, Joshua mi posa una mano sulla spalla. Posso scorgere una nota d'imbarazzo nei suoi occhi, ma anche il desiderio di parlare. «Prendi l'amore che ti abbiamo insegnato» dice, «e diffondilo nel mondo.»

Il mantra dei volonturisti è: "Guarda quanto bene ho fatto a questa povera gente". Davanti a Dayavu Home, invece, io dico: "Guarda quanto abbiamo fatto insieme. Guardate quanto potrete ottenere in futuro".

Io non sono il fautore di questo brillante e speranzoso futuro, ma ne faccio parte. Sono salvo perché ho nuotato con loro prima e per loro poi, perché dare a un bambino la possibilità di vivere una vita più giusta è riconoscere che il mondo è marcio, ma ostinarsi a sperare in un domani migliore.

Certo, avrei potuto viaggiare, giocare con i bambini di tutto il mondo, una settimana in Cina, una in Messico, una in Sudafrica e una in Mongolia. Non l'ho fatto. Non l'ho fatto perché ho capito che li amo troppo per lasciarmeli alle spalle senza pensarci due volte. La verità è che tutti i bambini hanno sorrisi incantevoli, è vero, ma è nel dolore che avranno bisogno di te. La parte difficile è dormire accanto a loro la notte e confortarli quando si svegliano in preda agli incubi; è alzarsi prima dell'alba per prepararli agli esami di Stato; è offrire loro una spalla quando i parenti gli spezzeranno il cuore, ancora e ancora.

Prima di questa folle, feroce, meravigliosa scelta, la società mi aveva condizionato a pensare che non avrei mai cambiato il mondo, ma che avrei potuto farlo almeno per un bambino. Oggi so per certo che questi bambini hanno cambiato il mio mondo. Ora spetta a me cambiare il mondo in nome loro.

Cambierò le cose, e per farlo andrò in prima linea. Credo fermamente che, se possiamo fare qualcosa per migliorare la realtà in cui viviamo, allora è nostro dovere agire. Celebrare la vita è farne il miglior uso possibile.

Sono pronto, non devo essere come tutti gli altri, e non ho più paura. Sto arrivando, mondo – e nessuno potrà fermarmi.

Sotterriamo la scatola, e insieme facciamo una promessa: un giorno, ovunque sarò, ovunque saranno, torneremo quaggiù, in questo piccolo orfanotrofio, e ritroveremo questa scatola dentro la quale ci saranno ventiquattro, sedici, dodici, cinque anni immaginati. Lo faremo insieme. Ovunque sarai, ovunque sarò, ci vedremo qui, sempre.

Ci dividiamo le chiavi dei lucchetti. Lego la mia all'*aranjanam*, la corda nera che porto al polso. In questo modo ricorderò per sempre le mie origini, la mia giovinezza e i miei bambini. È una promessa, e per un orfano una promessa mantenuta vale il mondo intero.

Ora ho lo zaino verde in spalla, il mondo nelle scarpe e negli occhi la vita, la vita vera.

Compongo un numero e chiamo un uomo che vive lontano da qui.

«Ciao, papà» lo saluto quando risponde.

«Allora, stai tornando?» chiede.

Sorrido. «Non proprio.»

Il mio nome è Nicolò, e diventerò il Cambiamento.

Ringraziamenti

Ho scritto *Bianco come Dio* con un solo obiettivo: assicurarmi che, anche quando la mia professione mi porterà a raccontare le storie di chi non ha voce lontano dai miei ragazzi, loro abbiano un canale di donazioni stabile, così che la mia assenza fisica non mini la loro opportunità di ricevere l'istruzione che meritano.

Questo libro, dunque, è loro e per loro.

Voglio ringraziare – in ordine d'età – Gowtham, l'innocenza personificata, l'essere umano in miniatura più dolce che io conosca. La tua voce acuta che mi chiama «fratello» nel campo da gioco non mi ha mai stancato e mai lo farà.

Ringrazio *cinna* Antony, il bambino di sei anni più sveglio che abbia mai incontrato. Sappi che, quando diventerai primo ministro e imporrai la distribuzione forzata di lecca-lecca all'intera popolazione, come pare essere oggi il tuo intento, io ti sosterrò.

Ringrazio Pradap per avermi insegnato a smentire le aspettative della gente. Tu non sei i tuoi genitori, non sei i loro sbagli o i loro vizi. Fregatene, e trionferai.

Ringrazio Siva. Non parli molto, e quando lo fai parli a mezza voce. Essere timidi non dev'essere un fardello, essere fragili può essere una qualità. Alza la voce, se è necessario, ma non quella che riempie il tuo cuore.

Ringrazio Santhosh – e da dove iniziare? Hai dieci anni e il tuo livello d'inglese è sorprendente, sei scaltro come una volpe e la tua risata è epidemica. Sei la mezza tinta che, aggiunta alla tavolozza, rende il colore splendente.

Ringrazio Anbu per avere, all'età di undici anni, più dignità di molti uomini fatti e finiti. Non permettere mai a nessuno di calpestarti.

Ringrazio Prakash, che ha affrontato la vita nonostante gli abbia riservato una mano di carte sfortunata. Il tuo cuore è gentile, e mi auguro che il futuro non se ne approfitti, o dovrà fare i conti con il sottoscritto.

Ringrazio Wilson, che tanto mi ha ricordato mio fratello Leonardo. Wilson non vive più con noi, ma è nei nostri pensieri, sempre.

Ringrazio Vignesh dalla risata facile nei giochi e dalla memoria corta nei litigi. Mi hai insegnato a non sprecare tempo tenendo il broncio quando c'è così tanto di cui essere allegri.

Ringrazio Clinton, che mi ha mostrato la strada per la felicità. Quando ci siamo incontrati, la fiamma del sorriso aveva abbandonato il tuo volto, ma hai saputo trovare in te – in noi – un motivo per tornare a sorridere.

Ringrazio Muthu, perché l'amore scaccia il buio. Grazie d'insegnarmi, ancora e ancora, che scegliere chi, come e quanto amare spetta a noi soltanto. Non vedo l'ora di conoscere la tua futura moglie e la tua numerosa prole.

Ringrazio Vikram, che in quattro anni non ha mai smesso di farmi vedere i suoi disegni, permettendomi così di partecipare ai suoi miglioramenti artistici. Mantieni sempre viva la luce della tua creatività.

Ringrazio Gokul per il suo buon cuore e per la sua mente acuta. Sogni di diventare dottore, e so che hai tutte le carte in regola per riuscirci. Quando succederà, io sarò al tuo fianco, e farò in modo che questo sogno si realizzi.

Ringrazio Rishikesh, che parla poco e non si lamenta mai, che è affabile con i piccoli e rispettoso con i grandi, che lavora sodo e studia senza che gli venga detto di farlo. Grazie della tua vicinanza.

Ringrazio Kesevan, sia il bambino gracile che incontrai allora sia l'uomo forte che vedo adesso. Sei la prova vivente, e il mio personale memento, che solo le nostre scelte e i nostri errori determinano il nostro futuro. Il resto sono scuse.

Ringrazio Antony, compagno di silenzi, abile avversario a scacchi, Antony che mi ha insegnato che tanto amore comporta altrettanta responsabilità. Noi siamo fratelli, ora e sempre. Grazie, ragazzo azzurro.

Ringrazio Karthick, che ha la battuta sempre pronta, che non manca mai di sdrammatizzare, anche quando è il primo a soffrire. Possa il futuro splenderti in volto più di quanto il presente non faccia già, cancellando le ombre che furono.

Ringrazio Baskar, con il suo umorismo freddo e la sua assoluta affidabilità. Ti affiderei il mio più grande tesoro a occhi chiusi. Forse un giorno lo farò.

Ringrazio Yugin, un gigante buono dalla mente affilata come un rasoio e dalle mani gentili, sia con i bambini sia con gli animali. Il mondo non merita la tua gentilezza, eppure tu continui a donargliela.

Ringrazio Dhakshina per la resilienza, per il coraggio, per essere una persona fuori dal comune, una perla nel fango. Dei due, quello che ha tratto il maggior beneficio dal nostro incontro sono senza dubbio io.

Ringrazio Joshua per essere stato per me un secondo padre. Mi hai dimostrato che non esiste nulla, nulla che non si possa cambiare: sei il padrone del tuo destino, il capitano della tua anima.

Vi ringrazio con tutto ciò che ho.

È grazie a voi che io *sono*.

Nota dell'autore

Ho scritto l'edizione integrale di *Bianco come Dio* mentre costruivo Mazì, la prima scuola per minori vulnerabili del campo profughi di Samos, in Grecia. Oggi scrivo questa nota circondato da quasi cento bambini finalmente al sicuro in un luogo di pace e conoscenza, le loro voci a mescolarsi alle mie parole e le loro risate ad alleggerirmi il cuore. Mazì è il sogno di una vita, e nasce da quattro anni di lavoro e amore a Dayavu Home.

Sono tornato in Europa nel luglio 2017, dopo quattro anni di vita in India, quattro anni di amore, speranza e profumo di gelsomino. I miei bambini laggiù mi hanno insegnato chi sono e chi voglio diventare.

Avevo vent'anni quando sono partito per la prima volta. Mi sentivo vecchio e soffocato dalla società occidentale, e così sono volato per tre mesi di volontariato in un piccolo orfanotrofio dell'India meridionale. Qui ho riscoperto la vita. "Noi non viviamo davvero" mi sono detto. "Noi sopravviviamo." Il tepore della terra rossa sotto i piedi nudi e le risa dei bambini intorno a me. Chiudo gli occhi e scuoto il capo. "Io resto e mi dedico a questi bambini."

Nei quattro anni successivi, costruisco un dormitorio, salvo l'orfanotrofio dalla chiusura, mando i piccoli a scuola e i più grandi all'università. Nel 2017, però, i ragazzi da mandare all'università sono cinque, e i fondi raccolti insufficienti. Per la prima volta, temo di non poter tenere fede alla mia promessa. Temo di deludere i miei bambini.

Scrivo *Bianco come Dio* in un mese. Non c'è tempo. Lo autopubblico. Spero che, grazie al supporto dei miei lettori, il ricavato sarà sufficiente a coprire le rette universitarie dei miei ragazzi. *Bianco come Dio* fa questo e molto di più. Pubblicato solo in ebook e distribuito online, diventa un caso editoriale da diecimila lettori, rendendo finalmente giustizia alle vite, alle lotte e alle speranze dei miei bambini.

Nel luglio 2017 lascio l'India sapendo di aver creato stabilità nel mio orfanotrofio e con la promessa di continuare ad aiutare a distanza. L'unico sogno che manco di realizzare, un sogno che serbo dal lontano 2013, è quello d'instillare nei miei fratelli la mia più grande passione, la lettura, costruendo una biblioteca piccola ma stracolma di libri.

Ricevo un'offerta di lavoro da una rivista sudamericana che promette un salario esorbitante e la morte della mia etica di giornalista. Se accettassi, dovrei asservire la mia scrittura alla vendita di pubblicità truffaldine, ma risparmiando potrei permettermi di continuare gli studi. Andando contro i consigli di tutti, rinuncio.

Decido invece di fare volontariato.

Ad agosto parto per la Palestina. Lavoro per una piccola associazione che supporta donne e bambini nella West Bank. «Hai sponsorizzato un orfanotrofio per quattro anni?» mi chiedono. «Allora aiutaci a ricevere finanziamenti.» Purtroppo, però, non ne ho le capacità. Non ho contatti con grandi associazioni o aziende. Dopotutto, ho raccolto fondi per il mio orfanotrofio in India solo grazie ai miei lettori: voi.

A settembre mi sposto a Samos, in Grecia, dove mi unisco a un'associazione olandese di medici e psicologi che operano nel campo profughi dell'isola. Inizio a insegnare a una classe di bambini rifugiati, ma l'associazione decide di concludere la missione e levare le tende dopo due settimane. Posso seguirla a Lesbo o restare con una piccola associazione locale, Samos Volunteers. Di nuovo, resto.

Nei tre mesi successivi, plasmo un programma educativo per bambini rifugiati provenienti dalla Siria, dall'Afghanistan, dall'Iraq, dalla Palestina, dal Kurdistan, dall'Iran, dall'Algeria e dal Congo. Con un team di volontari, insegniamo inglese, greco, matematica, biologia, geografia, arte, cucina, educazione sessuale e basket. È dura, e gli ostacoli sono molteplici, ma la missione mi colma di gioia. Nonostante non sia pagato, sto alleviando le pene di altri esseri umani, e questo è il lavoro più importante della mia vita.

Insegnare, per me, è la forma d'amore più pura, e sono in grado di farlo solo grazie a ciò che i miei bambini mi hanno insegnato in India.

A dicembre scopro che uno dei miei bambini, un orfano arrivato a Samos con dei parenti, vive una situazione di abuso domestico. Decido di fare il possibile per aiutarlo.

Pochi giorni dopo, la State University of New York mi offre una parziale borsa di studio per frequentare un Master. È il sogno di una vita, eppure esito. I miei studenti sono sfuggiti alla guerra e hanno perso tutto, ma ora hanno qualcosa di prezioso, un mentore, e i loro occhi brillano di gratitudine ogni giorno. E poi c'è questo bambino, questo bambino che non ha nessun altro a vegliare su di lui. Come posso andarmene?

«Ti stai buttando via» mi dicono i familiari. "Ti accontenti di poco" pensano gli amici.

"Al diavolo" mi ripeto io. "Le persone valgono più dei certificati, dei soldi, del prestigio, della carriera, e sì, pure dei miei progetti." Mi basta specchiarmi nel sorriso del mio studente per decidere. "Resto dove hanno bisogno di me."

Devo riuscire ad aiutare questo bambino a tutti i costi. Faccio appello al sistema di protezione dell'infanzia. Chiedo aiuto agli assistenti sociali. Chiedo aiuto al governo. Chiedo aiuto alle Nazioni Unite. Nessuno alza un dito.

Non mi lascio scoraggiare. Lui merita di meglio, merita una Casa, e io posso dargliene una. Mi offro come padre in affido. È una follia, me ne rendo conto, ma non è forse più folle abbandonare un bambino quando potresti tendergli la mano? Pare funzionare, all'inizio, ma poi il sistema rivela la sua totale corruzione. "Sei un piantagrane" dicono gli occhi degli assistenti sociali. «Datti una calmata» m'intimano gli esponenti del governo. La mia denuncia e il caso di questo bambino vengono ignorati, seppelliti, messi a tacere.

Ho perso la prima vera battaglia della mia vita, e mi si spezza il cuore. Posso solo stare a guardare mentre il bambino peggiora e scivola via. Penso di gettare la spugna e di andarmene. Ma di nuovo, resto. Ho perso, sì, ma sebbene non possa salvarli, posso ancora offrire ai miei bambini gli strumenti per costruirsi una vita migliore. Sono infiammato da un gigantesco bisogno di giustizia.

A marzo raccolgo fondi e do vita a un programma sanitario per i miei ragazzi. Dopo anni senza averne la possibilità, i miei studenti ricevono le cure dentistiche e oculistiche di cui necessitano. Scrivo *Dreaming Wide*, il primo libro di testo pensato per minori rifugiati in Europa. Lo pubblico gratuitamente online. Barcollo, ma resisto. Resisto perché, sebbene sia stato sconfitto, so che esiste un mondo migliore. L'ho visto. Lo vedo ogni giorno riflesso negli occhi dei miei ragazzi.

Ed è qui che arriva l'offerta di Rizzoli. «Crediamo nel potenziale di *Bianco come Dio*, e crediamo che le tue missioni debbano essere conosciute in tutta Italia.» Firmo un contratto per la ripubblicazione del libro. La nostra Missione, nata dal nulla e in cui nessuno credeva, finisce su Rai 3, davanti agli occhi di un'intera nazione.

A maggio fondo una ONLUS internazionale, Still I Rise. Il campo profughi di Samos sta esplodendo con quasi tremina persone stipate in uno spazio pensato per settecento, e la mia classe ne porta le cicatrici. I bambini soffrono doppiamente le pene degli adulti: una volta vivendole sulla propria pelle, e un'altra di riflesso, ritrovandole negli occhi dei genitori. È una catastrofe, e non c'è più tempo da perdere.

Dobbiamo aprire una Scuola.

A giugno, grazie all'interesse generato da Rizzoli e da Rai 3, raccolgo fondi a sufficienza per affittare un edificio e iniziare a ristrutturarlo. "In trenta giorni apriremo la Scuola" mi riprometto iniziando i lavori. Pareva impossibile. Poi, però, la notizia migliore di tutte: un anonimo lettore di *Bianco come Dio* decide di sponsorizzare la Nostra Scuola per un anno intero! In un mese costruiamo i muri, rifacciamo l'impianto elettrico, ordiniamo banchi e sedie da Atene, installiamo i condizionatori e riceviamo la cancelleria di cui abbiamo bisogno. In tre parole: costruiamo una Scuola. Insegnanti e bambini insieme, intenti a pulire, misurare e riordinare ogni giorno, danno vita a un luogo di pace e rinascita privo sia degli abusi del campo profughi sia delle rigidità e dell'ansia dell'istruzione tradizionale.

Anche il mio bambino, quello che mancai di aiutare, è qui ogni giorno, munito di cacciavite, a costruire la Sua scuola. Finché è qui, io so che è al sicuro. Finché è qui, io so che è felice. Perché questa è la Sua scuola. È la Loro scuola. È la Nostra Scuola.

Oggi, un mese dopo, quasi cento bambini e adolescenti imparano e vivono nello spazio più sicuro, adatto e, lasciatemelo dire, bello dell'isola. Oggi cento minori altamente vulnerabili hanno la Scuola che meritano, la Scuola che era stata loro negata, la Scuola per cui sono sopravvissuti a una guerra e hanno attraversato mari e monti, la Scuola che offre loro un'alternativa alla prigione in cui vivono. Questa è Mazì, "Insieme".

Proprio così, insieme. E questo è il bello della nostra Missione. Senza tutti voi, io non sono nulla. Insieme, Noi Siamo Uno. E a volte, Uno è abbastanza.

Mazì è la prima scuola per bambini e adolescenti rifugiati di Samos, in Grecia. Ma Mazì è più di una semplice scuola. È un rifugio per bambini vulnerabili, così che essi imparino a confidare di nuovo nella bellezza della vita. Nella Nostra Scuola, i bambini possono tornare bambini.

È stato un lungo viaggio, iniziato con quello che in molti hanno definito un errore. Un anno fa tutti mi hanno detto di andarmene e continuare la mia vita. Grazie al cielo sono rimasto.

Ho mandato a monte i miei piani per colmare la mia vita di significato. Dare un futuro a un bambino in difficoltà mi regala più gioia, orgoglio e soddisfazione di centomila capi firmati o cene in ristoranti chic o vacanze nei resort o macchine di lusso. Desidero una vita colma di significato, non di roba.

Questo è il mio mantra: fai della tua vita un capolavoro, e il mondo diventerà un'opera d'arte.

E non lo faccio mica gratis, tutto questo, anzi: perché, mentre io insegno ai miei bambini come vivere la vita, loro m'insegnano ad amarla. Esatto, sono solo un venticinquenne con un sogno: lasciare il mondo un po' migliore di come l'ho trovato. Dopotutto, celebrare la vita significa farne il miglior uso possibile, e alleviare il dolore altrui è la miglior vita che io possa vivere.

Oggi, oltre un anno dopo aver salutato i miei bambini e lasciato l'India, vedo il mio ritorno finalmente all'orizzonte. Vedo il giorno in cui li riabbraccerò. Vedo il giorno in cui costruirò la biblioteca che da ormai cinque anni sogno di costruire a Dayavu Home. A Natale, grazie al ricavato di questo libro, tornerò in India, dalla mia famiglia, pronto a ritrovare i miei fratelli, a fare colazione con Joshua e Rosie in veranda, e a far sì che questo sia il primo libro nella biblioteca dell'orfanotrofio: la Nostra Storia.

Ce l'abbiamo fatta. Stiamo cambiando delle vite.

Grazie a tutti di leggere. Grazie di partecipare. Grazie di esserci, sempre,

Nico
27 agosto 2018

Finito di stampare nel mese di ottobre 2018
presso Grafica Veneta – via Malcanton, 2 – Trebaseleghe (PD)
Printed in Italy